Eine Frau, ein Mann und die guten wie nicht so guten Zeiten einer ganz normalen Ehe. Eigentlich ist alles ziemlich gewöhnlich an Stacey und ihrem Mann. Bis sie in den seltsamsten Banküberfall aller Zeiten verwickelt wird. Denn der Räuber will nicht etwa Geld oder Schmuck stehlen, nein, der Dieb hat es auf einundfünfzig Prozent ihrer Seele abgesehen! In den Tagen nach dem Überfall beginnt Stacey immer weiter zu schrumpfen, sie wird immer kleiner, sogar winzig, und hat Angst, bald ganz zu verschwinden. Was hat der Dieb ihr wirklich gestohlen? Wie bekommt sie es zurück? Und was hat ihre Ehe mit alldem zu tun?

ANDREW KAUFMAN ist Autor, Filmemacher und Radioproduzent. Mit seinem ersten Roman »Alle meine Freunde sind Superhelden« gelang ihm ein internationaler Überraschungserfolg. Zuletzt erschien bei btb »Geborene Freaks«. Kaufman lebt mit seiner Familie in Toronto.

ANDREW KAUFMAN BEI BTB

Alle meine Freunde sind Superhelden (74774)

Geborene Freaks (71527)

Andrew Kaufman

Wie meine Frau einundfünfzig Prozent ihrer Seele rettete

Aus dem Englischen von Eva Bonné

Illustriert von Tom Percival

btb

ERSTES BUCH

1.

Der Überfall sollte nicht ohne Folgen bleiben. Im Gegenteil, erst die Folgen verliehen dem Überfall seinen Sinn. Es war nie um Geld gegangen. Der Räuber wollte gar keines. Dass er eine Bank überfallen hatte, war reiner Zufall. Er hätte genauso gut auch einen Bahnhof oder eine Schule oder das Musée d'Orsay überfallen können. So etwas kommt vor, es wird immer wieder passieren, und am Mittwoch, dem 21. Februar, passierte es um kurz nach 15 Uhr in der Filiale 117 der British Bank of North America.

Die Filiale befand sich an der Ecke von Christie Street und Dupont Street im Zentrum von Toronto, Kanada. Als der Räuber die Bank betrat, waren dreizehn Personen anwesend: zwei Kassierer, der stellvertretende Filialleiter und zehn Kunden, die in der Warteschlange standen. Der Räuber trug einen auffälligen Purpurhut und schwenkte eine Pistole. Mit einem Hang zur Theatralik schoss er einmal senkrecht in die Luft. Der Deckenputz bröckelte auf ihn herab, einzelne Stückchen landeten im künstlichen Pelz seiner Kopfbedeckung. Alle waren still. Keiner bewegte sich.

»Nun denn, dies ist ein Überfall …«, sagte der Räuber. Er sprach mit breitem britischen Akzent, wie er bei Nordamerikanern schnell das Gefühl der Fremdscham auslöst. Er schüttelte ruckartig den Kopf, eine Wolke aus

Gipsstaub erhob sich. »Ich verlange von jedem Einzelnen hier nur das Eine: den Gegenstand aus seinem Besitz, der für ihn den größten sentimentalen Wert hat.«

Der Räuber bedeutete den Bankangestellten mit einer Geste, ihren Platz hinter dem Schalter zu verlassen und sich in die Warteschlange einzureihen. Am Anfang der Schlange stand David Bishop, ein Mittvierziger mit Pinguinstatur, der ganz leicht zu zittern anfing, als der Räuber ihm zu nah kam und die purpurne Hutkrempe sein Haar streifte.

»Nun?«, fragte der Räuber.

David griff in seine Jackentasche, holte sein Portemonnaie heraus und aus dem Portemonnaie mehrere Hundert Dollar.

»Ich soll Ihnen glauben, dass von allen Dingen, die Sie gerade bei sich tragen, Ihr Geld den größten sentimentalen Wert für Sie hat?«

David Bishop war verwirrt. Er hielt die Scheine weiterhin in die Höhe. Der Räuber hielt ihm die Pistole an die linke Schläfe.

»Wie heißen Sie?«

»David. David Bishop.«

»David David Bishop, zerreißen Sie das Geld in kleine Schnipsel und werfen Sie es in die Luft«, befahl der Räuber.

David zögerte kurz, gehorchte dann. Geldscheinschnipsel segelten zu Boden.

»Denken Sie nach, David. Für Sie hängt jetzt alles davon ab. Was ist das wichtigste, bedeutungsvollste, rührseligste Objekt in Ihrem Besitz?«

David Bishop zeigte auf eine billig aussehende Uhr an seinem Handgelenk.

»Überzeugen Sie mich.«

»Die hat meine Mutter mir geschenkt – vor vielen Jahren, als ich für mein Studium von zu Hause auszog. Ich habe die Uhr reparieren lassen und trage sie erst seit Kurzem wieder.«

»Na also!«, rief der Räuber, nahm die Pistole von Davids Schläfe und die Uhr von seinem Handgelenk. »Jetzt gehen Sie da rüber und legen sich auf den Boden.«

David Bishop gehorchte.

Mit seiner Pistole winkte der Räuber die nächste Person aus der Warteschlange. Sie hieß Jenna Jacob. In Jennas rechter Hand lagen zwei Diamantohrringe. Sie steckte die Ohrringe hastig wieder ein, durchsuchte ihre Handtasche und holte zwei zerknickte Fotos heraus.

»Sehr süß«, sagte der Räuber, »wie alt?«

»Zehn und dreizehn.«

»Sie werden die Liebe zu ihnen nie wieder so intensiv spüren wie jetzt in diesem Moment.«

Jenna Jacob nickte, ging ungefragt zu David Bishop hinüber und legte sich bäuchlings neben ihn auf den Boden.

Meine Frau war die Nächste in der Warteschlange. Ich

bin nicht dabei gewesen, natürlich nicht, aber sie hat mir diese und alle folgenden Geschichten so oft und so ausführlich geschildert, dass ich nicht nur den Eindruck habe, dabei gewesen zu sein, sondern es manchmal tatsächlich glaube. Ich meine, mich zu erinnern, wie Stacey den Rücken durchdrückte und vortrat.

»Sie sehen meinem Bruder sehr ähnlich«, sagte sie. Es stimmte. Der Räuber hatte den gleichen Höcker auf dem Nasenrücken und den gleichen arrogant-verzweifelten Blick aus blassblauen Augen.

»Verzeihung, aber ich kann für Sie keine Ausnahme machen.«

»Sie müssen das hier nicht tun.«

»Mag sein. Aber vielleicht, und das ist viel wahrscheinlicher, muss ich es eben *doch* tun.«

»Aber warum?«

»Das werden Sie noch sehen.«

»Macht Sie das glücklich?«

»Es gibt mir Sinn.«

Meine Frau nickte, kramte in ihrer Handtasche und holte einen Taschenrechner heraus.

»Im zweiten Semester meines Studiums saß ich in einem Seminar für Infinitesimalrechnung und habe diesen Taschenrechner benutzt, als sich mein späterer Ehemann neben mich setzte. Ich half ihm bei einer Hausarbeit. Später dann habe ich den Taschenrechner gebraucht, um die Nacht der Zeugung meines Kindes zu ermitteln, und auch das voraussichtliche Geburtsdatum. Ich habe die Raten für unser Eigenheim damit kalkuliert und ob wir uns ein zweites Auto oder ein zweites Kind leisten können. Es gibt keine einzige wichtige Entscheidung in meinem Leben, die ich ohne diesen Taschenrechner getroffen hätte«, sagte sie.

Es war die Wahrheit. Von allen Dingen, die sie an dem Tag bei sich trug, war der Taschenrechner das Objekt mit dem größten sentimentalen Wert. Und das lag nicht nur an den Ereignissen, die sie mit seiner Hilfe berechnet hatte – meine Frau liebte die Mathematik. Die Mathematik ergab Sinn, und mit ihrer Hilfe ergab die ganze Welt Sinn.

Meine Frau stieß einen tiefen Seufzer aus und legte den Taschenrechner in die ausgestreckte Hand des Räubers. »Gibt es irgendeine Möglichkeit, ihn zurückzubekommen?«, fragte sie.

»Leider nicht. Seit wann?«

»Ich habe ihn seit dem ersten Semester.«

»Nein, die Ehe.«

»Seit sieben Jahren.«

»Und, lieben Sie ihn noch?«

»Ich denke schon.«

Der Räuber nickte. Er wedelte mit seiner Pistole, und Stacey legte sich zu den anderen auf den Boden.

Der Räuber arbeitete die Warteschlange ab. Daniel James händigte ihm das Hochzeitsfoto seiner Schwiegereltern aus, das er nur bei sich trug, weil er es zu einem Restaurator bringen wollte. Jennifer Layone gab ihm eine zerlesene Ausgabe von Albert Camus' *Der Fremde*. Sam Livingstone, stellvertretender Filialleiter und Letzter in der Warteschlange, überreichte dem Räuber seine Gehaltsabrechnung nach der letzten Beförderung.

Als er von jedem etwas genommen hatte, bewegte sich der Räuber rückwärts in Richtung Ausgang. Kurz vor der Tür hielt er noch einmal inne.

»Meine Damen und Herren, ich bitte um Ihre Aufmerksamkeit«, sagte er. Keiner stand auf, aber alle hoben den Kopf und sahen ihn an. »Ich habe zur Kenntnis genommen, dass der überwiegende Teil von Ihnen, falls er überhaupt glaubt, eine Seele zu haben, der Meinung ist, diese in sich zu tragen wie einen Goldbarren. Ich muss Ihnen allerdings mitteilen, dass nichts der Wahrheit ferner sein könnte. Die Seele ist ein lebendes, atmendes, organisches Ding, nicht anders als das Herz oder die Beine. Und genau so, wie Ihr Herz das Blut durch den Körper pumpt und Ihre Beine Sie durch die Gegend tragen, versetzt die Seele Sie in die Lage, fantastische und wunderbare Dinge zu tun.

Doch sie ist eine wunderliche Maschine, die sich ständig regenerieren muss. Beim Menschen geschieht das normalerweise während des Handelns, ganz so, wie eine Autobatterie sich beim Fahren auflädt.«

Der Räuber hielt inne und nieste in seinen Jackenärmel. »Verzeihung«, sagte er. Er schaute auf seine Uhr. »Heute verwende ich wirklich sehr viele Metaphern. Aber ich habe es ein wenig eilig, lassen Sie mich also zum Schluss kommen. Wenn ich von hier verschwinde, nehme ich einundfünfzig Prozent Ihrer Seelen mit. Das wird seltsame und auch bizarre Auswirkungen auf Ihr Leben haben. Aber was noch viel wichtiger ist, und ich meine das im buchstäblichen Sinn: Lernen Sie, Ihre Seele nachwachsen zu lassen, denn andernfalls müssen Sie sterben.«

In der Bank war es still. Der Räuber warf seinen Hut in die Luft und war zur Tür hinaus, noch bevor er auf dem Boden landete.

2.

Die erste Auswirkung zeigte sich sechs Stunden später und betraf Timothy Blaker, der Siebter in der Warteschlange gewesen war und vier Plätze hinter meiner Frau gestanden hatte. Er war siebenundzwanzig Jahre alt und Busfahrer von Beruf. Dem Räuber hatte er einen Verlobungsring gegeben, den er, ganz ehrlich gesagt, liebend gern losgeworden war. Seit siebzehn Monaten trug er ihn nun schon mit sich herum, seit dem Abend, als Nancy Templeman nach über zweieinhalb Jahren Beziehung seinen Antrag abgelehnt hatte.

Seit jenem misslungenen Abend hatte Timothy sie weder gesehen noch gesprochen, deswegen war er sehr überrascht, als er zwei Haltestellen hinter der Kreuzung von Shaw und College die Türen öffnete und Nancy den Bus bestieg. Sie streckte eine Hand aus – aber nicht, um ihm Kleingeld zu geben, sondern um in seine Brust zu greifen und sein Herz herauszureißen. Sie hielt es in der Hand. Er sah es schlagen. Der Motor tuckerte im Leerlauf, Nancy sprang aus dem Bus und lief zu einem gelben Ford Mustang. Sie stieg ein und trat aufs Gaspedal, die Hinterreifen drehten durch und produzierten jede Menge Krach und Qualm. Timothy Blaker nahm die Verfolgung auf.

Der Bus hatte eine weniger gute Kurvenlage als der Sportwagen, doch der herzlose Timothy war plötzlich ohne jede Furcht und ließ sich nicht abschütteln. Verängstigt sahen die Fahrgäste alle Bushaltestellen vorbeifliegen. Unter dem Gardiner Expressway, sie waren in östlicher Richtung auf dem Lakeshore Boulevard unterwegs, hatte Timothy Nancy eingeholt. Sie lieferten sich ein Kopf-an-Kopf-Rennen und überfuhren mehrere rote Ampeln, aber auf Höhe der Lawrence Street blockierte ein Zementlaster die Kreuzung. Sie mussten anhalten. Einige Fahrgäste sprangen von ihrem Platz auf und schimpften, aber keiner hatte den Mut, sich in den vorderen Teil des Busses zu wagen.

Timothy öffnete die Türen. Die Ampel schaltete auf Grün, der Zementlaster rollte von der Kreuzung. Timothy nahm Anlauf, sprang und landete mit einem metallisch dumpfen Knall auf der Motorhaube des Mustangs.

Er warf einen Blick durch die Windschutzscheibe. Sein Herz lag auf dem Beifahrersitz. Es schlug noch. Nancy gab erneut Gas und riss das Lenkrad nach links und rechts, Timothy wurde hin- und hergeschleudert. Seine Finger schmerzten, aber er klammerte sich mit aller Kraft fest – bis Nancy auf die Bremse trat.

Timothy flog von der Motorhaube und schlug auf dem Asphalt auf. Drei Rückwärtsrollen später blieb er liegen.

Sein Ellenbogen blutete. Er hatte eine Schnittwunde unter dem linken Auge. Er sprang auf, und ein grässlicher Schmerz schoss ihm durch das rechte Bein. Der Mustang hatte in hundert Metern Entfernung gewendet. Timothy sah Nancy an. Nancy sah Timothy an. Er hörte den Motor röhren und die Hinterreifen quietschen.

Timothy rührte sich nicht vom Fleck. Der gelbe 1964er Mustang raste auf ihn zu. Aus hundert wurden fünfzig, dann zwanzig Meter Abstand. Timothy rührte sich nicht, er schloss nicht einmal die Augen. Er sah das Auto auf sich zurasen. Standhaft zu bleiben und nicht auszuweichen verlieh ihm ein Gefühl der Stärke. Je näher der Wagen kam und je gefährlicher es wurde, desto stärker fühlte Timothy sich in seiner Standhaftigkeit. Das Auto kam immer näher. Timothy stand weiter seinen Mann, und als ihn nur noch drei Meter von der Stoßstange trennten, trat Nancy abermals auf die Bremse. Das Auto blieb abrupt stehen. Timothys Herz wurde vom Beifahrersitz geschleudert, schlug ein herzförmiges Loch in die Windschutzscheibe und landete mitten in seiner Brust.

3.

Drei Tage nach dem Überfall und wenige Minuten, nachdem wir Jasper ins Bett gebracht hatten, klingelte das Telefon. Normalerweise überlassen wir das Festnetztelefon dem Anrufbeantworter, aber diesmal beeilte Stacey sich, den Hörer abzuheben. Später erklärte sie mir, das Läuten habe einfach zu dringlich geklungen, mehr wie ein Alarm.

Der Anrufer stellte sich als Detective William Philips vor. Er hatte als Neunter in der Schlange gestanden und dem Räuber einen antiken Schlüssel ausgehändigt. Detective Philips fragte Stacey, ob seit dem Überfall in ihrem Leben etwas Besonderes passiert sei, etwas Ungewöhnliches oder vielleicht sogar Unerklärliches. Sie fragte zurück, wie er das genau meine. Der Detective sagte, innerhalb der letzten vierundzwanzig Stunden hätten ihm zwei Männer den Mord an ihrer Frau gestanden. Beide Fälle betrafen Personen, die sich am

Tag des Überfalls in der Bankfiliale 117 aufgehalten hatten.

Stacey erkundigte sich nach den Details, woraufhin Detective Philips ihr zwei Geschichten erzählte.

* * *

Zwei Tage nach dem Überfall war Daniel James, der als Fünfter in der Schlange gestanden und dem Räuber das Hochzeitsfoto seiner Schwiegereltern gegeben hatte, gerade dabei, sich die Schuhe zu binden, als der rechte Schnürsenkel riss. Daniel wählte ein anderes Paar, aber beim Binden riss der Senkel des linken Schuhs. Daniel zog einen hellen Anzug an, aber als er seine braunen Schuhe binden wollte, riss auch dieser rechte Schnürsenkel. Er betrachtete den abgerissenen Schnürsenkel in seiner Hand, die abgerissenen Schnürsenkel am Boden. »Ich muss dich verlassen«, sagte er zu seiner Frau, aber die war gar nicht da.

* * *

Am selben Tag stellte Jenna Jacob nach dem Aufwachen fest, dass sie aus Zucker war. Sie merkte es erst unter der Dusche, als sie sah, dass sich eine milchige Flüssigkeit im Ausguss drehte.

Geschockt und ungläubig stellte sie das Wasser ab,

trat aus der Dusche und wischte mit der Hand über den beschlagenen Spiegel. Ihre Haut war eine weiße Bonbonmasse mit grünen Pfefferminzsprenkeln. Ihr Haar war aus Lakritz. Ihre Augen waren Karamell. Je länger sie ihr Spiegelbild betrachtete, desto weniger absurd erschien ihr diese kandierte Version ihrer selbst. Sie wickelte sich ein Tuch um das Lakritzhaar, verbarg ihre Karamellaugen hinter einer Sonnenbrille und ging die Treppe hinunter. Ihre Söhne, zehn und dreizehn Jahre alt, beachteten sie kaum.

Als ihre Kinder das Frühstück nicht essen wollten, rieb Jenna ihre Hände über den Schüsseln, um das Müsli zu zuckern. Als sie sich nicht anziehen oder ins Auto steigen wollten, brach sie sich die kleinen Finger ab, um die Kinder damit zu bestechen. Als sie sie vor der Schule absetzte, waren ihre Söhne ungewöhnlich erpicht auf einen Abschiedskuss.

Jenna fuhr heim, meldete sich krank und verbrachte den Tag vor dem Fernseher. Kurz nach neun kam ihr Ehemann nach Hause.

»Entschuldige, dass ich so spät bin«, sagte er. »Es ist wieder dieser Kunde, Meyer. Warum ist es so dunkel hier? Gibt es was zu essen?«

Jenna klopfte neben sich aufs Sofa. Ihr Mann setzte sich und küsste ihre kandierten Lippen. Er küsste ihren Hals und ihre Arme und ihr Gesicht. Sie gingen hinauf ins Schlafzimmer. Er küsste sie überall.

»Ich könnte dich fressen«, sagte er, was er dann, überwältigt von Leidenschaft, auch tat.

* * *

»Wollen Sie mich veralbern?«, hörte ich meine Frau fragen.

»Leider nicht. Ich habe von weiteren Überfällen gehört. Einer hat sich in Halifax ereignet, drei in den Südstaaten der USA und jeweils einer in Lille, Barcelona und Winnipeg. Er geht immer nach demselben Muster vor – Purpurhut, Gegenstände von sentimentalem Wert und so weiter. Sie sind in Gefahr.«

»Wirklich?«

»Es wird ein Treffen der Opfer geben, der Augenzeugen aus Filiale 117. Diesen Montag um 19:15 Uhr in der St. Matthew's United Church. Ich kann Ihnen gar nicht sagen, wie wichtig Ihre Teilnahme ist.«

»Danke für Ihren Anruf«, sagte meine Frau. Sie legte auf und ließ die Hand noch lange auf dem Hörer liegen.

4.

Am selben Abend rief Stacey meinen Namen. Ich war gerade beim Zähneputzen, aber ihre Stimme klang so panisch, dass ich mit der Zahnbürste in der Hand ins Schlafzimmer lief. Sie stand vor dem Spiegel und starrte auf den Ausschnitt ihres Schlaf-T-Shirts. Sie machte mich darauf aufmerksam, wie ausgebeult es plötzlich wirke. Es wäre mir nicht aufgefallen, aber der Stoff hing tatsächlich weit herunter. Man konnte ihren Brustansatz sehen.

»Ist doch nicht schlimm«, sagte ich und umarmte sie von hinten. Ich versuchte, sie auf den Hals zu küssen. Sie drehte sich weg.

»Ich schrumpfe!«

»Du schrumpfst nicht.«

»Hör mir zu!«

»Vielleicht hast du es zu kalt gewaschen?«

»Ich kann es fühlen. Ich schrumpfe.«

»Dieser Typ hat dir einen Floh ins Ohr gesetzt, und jetzt steigerst du dich da rein. Du weißt doch selbst, wie schnell das bei dir geht.«

»Musst du immer alles, was ich sage, in Zweifel ziehen?«, fragte Stacey.

Ich setzte mich aufs Bett. Auf dem Nachttisch lag ein Maßband. Wir hatten mit dem Gedanken gespielt, das Zimmer zu renovieren; wir hatten es vermessen und das Maßband anschließend vergessen. Ich nahm es in die Hand.

»Warum messen wir nicht nach?«

»Ich weiß nicht, wie groß ich vorher war.«

»Das steht in deinem Führerschein.«

»Okay«, sagte Stacey. Sie lief hinunter ins Erdgeschoss und kehrte mit ihrem Führerschein und einem Bleistift zurück. Ich legte meine Zahnbürste dort ab, wo das Maßband gelegen hatte. Ich stellte sicher, dass ihre Knie durchgedrückt waren und ihre Kniekehlen den Türrahmen berührten. Ich drückte ihr Haar platt und malte eine schwarze Linie auf das weiße Holz. Wir maßen nach.

»Hundertneunundfünfzig Zentimeter.«

»O mein Gott.«

Stacey zeigte mir ihren Führerschein. Ihre Größe war mit einhundertsechzig Zentimetern angegeben.

»Die könnten einen Fehler gemacht haben«, sagte ich. »Oder vielleicht messen wir noch mal nach?«

Ich stellte sie in den Türrahmen und maß noch einmal. Staceys Größe betrug genau hundertneunundfünfzig Zentimeter und einen Millimeter. Ich warf einen Blick in den Führerschein. Da stand immer noch, sie wäre hundertsechzig Zentimeter groß. Stacey saß auf dem Bett und starrte die Wand an.

5.

Am nächsten Morgen vermaßen wir Stacey abermals. Sie schob ihre Fersen an die Fußleiste und machte sich gerade. Ich drückte ihr Haar platt, hielt den Stift waagerecht und malte eine zweite schwarze Linie auf das weiße Holz. Stacey trat einen Schritt vor.

Ich wollte so präzise wie möglich sein und maß millimetergenau. Das Ergebnis sah nicht gut aus. Gestern war sie noch 1591 Millimeter groß gewesen, jetzt waren es nur noch 1581 Millimeter. Stacey hatte über Nacht zehn Millimeter an Größe verloren und neunzehn Millimeter insgesamt.

Wir saßen auf der Bettkante. Ihre Füße berührten nicht den Teppich. Ich konnte mich nicht erinnern, ob das schon immer so gewesen war. Ich drehte das Maßband in meiner Hand. Stacey musterte den Boden, ich musterte sie.

Den Rest des Tages verbrachten wir damit, Dinge zu vermessen. Wir maßen wie besessen. Wir maßen die Länge unseres Bettes, den Abstand zwischen Tagesdecke und Boden und wie weit die Vorhänge in geöffnetem Zustand voneinander entfernt waren. Wir vermaßen unsere Schneidezähne und den jeweiligen Halsumfang. Wir gingen hinaus, maßen alle Risse im Gehweg vor unserem Haus sowie die Gesamtlänge der weggeworfenen Zigarettenkippen. Wir errechneten den durchschnittlichen Rest an ungerauchtem Tabak. Wir vermaßen alles, und am nächsten Tag machten wir weiter, bis es an der Zeit war, Jasper aus der Kita abzuholen. Von dort fuhren wir direkt zur St. Matthew's United Church weiter. Ich parkte auf der gegenüberliegenden Straßenseite. Jasper fing an zu weinen.

»Ich gehe dann wohl besser«, sagte Stacey. Ich maß den Besorgnisgrad in ihrer Stimme und nickte.

Stacey beugte sich zwischen den Sitzen nach hinten durch und gab Jasper einen Kuss. Er hörte kurz zu weinen auf, fing aber gleich wieder damit an, als sie ausstieg. Stacey schleppte sich über die Straße und auf den Gehweg und die Kirchentreppe hinauf. Die Ärmel ihres Pullovers und ihre Hosenbeine waren mehrfach umgekrempelt. Sie drehte sich noch zwei Mal um, beide Male, um nach Jasper zu sehen.

Das Folgende hat Stacey mir erzählt. Ich habe keinen Grund zu bezweifeln, dass sie die Wahrheit sagt, muss aber zugeben, dass ich keinen der geschilderten Vorfälle persönlich miterlebt habe. Stacey erzählte mir, dass der Keller der St. Matthew's United Church wohl deswegen ausgewählt worden war, weil er mit dem schmuddeligen Linoleumboden, dem Neonlicht und den niedrigen Decken der ideale Treffpunkt für Selbsthilfegruppen zu sein schien. Klappstühle waren im Kreis aufgestellt. Neben einer riesigen Thermoskanne mit Filterkaffee stand ein Stapel Styroporbecher. Das Einzige, was fehlte, waren die anderen. Stacey war pünktlich erschienen, aber von Detective Philips war weit und breit nichts zu sehen.

Stacey füllte einen Styroporbecher mit Kaffee und rührte mit einem braunen Plastikstab Zucker hinein. Rechts von der Kanne lag ein Fächer aus unbeschrifteten Namensschildern, davor ein paar bunte Filzstifte. Stacey zog den Deckel eines Stiftes ab, setzte die Spitze aufs Papier, hielt plötzlich inne. Links oben auf dem Namensschild bildete sich ein Farbfleck. Stacey schrieb nicht *Stacey*, sondern *Taschenrechner*. Als sie sich das Namensschild an den Pullover heftete, hörte sie jemanden die Treppen herunterkommen.

Die Schritte waren schwer und schnell und gehörten zu einer Frau. Sie erschien am Fuß der Treppe und blickte sich um, aber anstatt sich vorzustellen, zog sie einen Klappstuhl aus dem Kreis und schleifte ihn bis an ein Fenster, das knapp unterhalb der Decke in die Wand eingelassen war. Die Frau kletterte auf den Stuhl und starrte auf die Straße hinaus. Draußen gingen ein paar Leute vorbei, die Frau seufzte hörbar. Sie sprang vom Stuhl herunter und stellte sich neben Stacey an die Kaffeekanne.

Stacey gab vor, an ihrem Namensschild herumzunesteln, damit sie die Frau unauffällig beobachten konnte. Ihre Kleidung war zerknittert, zerrissen und verdreckt. Sie sah sehr müde aus und roch nach kaltem Schweiß. Es dauerte noch eine ganze Weile, bis Stacey jene Frau in ihr wiedererkannte, die vier Plätze weiter in der Schlange gestanden und dem Räuber einen geöffneten Briefumschlag überreicht hatte. Der Räuber hatte ihn kommentarlos akzeptiert.

Die Frau sah auf Staceys Brust, nahm einen Stift und schrieb *Briefumschlag* auf ihr Namensschild. Sie steckte es sich an. »Wo sind denn die anderen?«, fragte sie.

»Keine Ahnung«, sagte Stacey.

Sie setzten sich nebeneinander in den Kreis aus aufgeklappten Klappstühlen. Nach zehn Minuten kam Detective Philips die Treppe herunter. Er roch nach Zigaretten. Er sah ihre Namensschilder, ging zum Tisch, schrieb *Haustürschlüssel* auf ein Schild und steckte es sich ans Hemd. Er schenkte sich einen Kaffee ein und nahm im Stuhlkreis Platz.

Die Nächste auf der Treppe war Jennifer Layone, dann folgten Sandra Morrison und schließlich Grace Gainsfield. David Bishop kam fünf Minuten später, und nach noch einmal fünf Minuten auch Diane Wagner. Sie waren zu siebt in einem Kreis aus dreizehn Stühlen. Sie warteten weitere fünfzehn Minuten. Niemand sprach, alle starrten zu Boden.

»Tja«, sagte Detective Philips, »wollen wir anfangen?«

»Darf ich, bitte?«, fragte Jennifer Layone.

Alle hoben den Kopf und sahen sie an. Sie war etwa Mitte zwanzig, trug eine schwarze Hornbrille und hatte schulterlanges blondes Haar. Ihr Volantrock war lang, die Schuhe offenbar aus dem Secondhandladen.

»Das klingt jetzt bestimmt sehr, sehr seltsam«, sagte sie.

* * *

Am Donnerstag, dem 22. Februar, es war der Tag nach dem Überfall, suchte Jennifer Layone unter ihrem Sofa nach der Fernbedienung und fand Gott. Er sah genau so aus, wie sie ihn sich immer vorgestellt hatte – langer weißer Bart, Tunika, Sandalen, das volle Programm. Aber er war sehr schmutzig. Unter dem Sofa war es staubig. Weil Jennifer ohnehin die Wäsche machen wollte, nahm sie ihn einfach mit zum Waschsalon.

Jennifer steckte ihn in eine Waschmaschine. Sie hatte nicht genug Münzen dabei, also wusch sie ihn zusammen mit ihren Jeans. Aber sie hatte offenbar vergessen, vorher alle Hosentaschen zu leeren, denn als sie Gott aus der Waschmaschine zog, war er über und über mit kleinen Fetzen von Papiertaschentüchern übersät. Gott war enttäuscht. Er weigerte sich, Jennifer in die Augen zu blicken, und er verließ den Waschsalon, ohne sich richtig zu verabschieden. Nun war sie Gott kein bisschen näher als vor dem Überfall.

* * *

Jennifer Layone beendete ihre Geschichte, alle schwiegen. Der Heizkörper im hinteren Teil des Kellerraums gluckste.

»Das Problem ist«, sagte Jennifer, »dass ich seither auf der Suche nach ihm bin. Nicht pausenlos, aber was immer ich auch tue, ob ich nun in der Stadt bin oder bei der Arbeit, ich halte immer wieder nach ihm Ausschau. Ich erwarte ernstlich, ihn hinten im Bus sitzen zu sehen oder zwischen den Ordnern im Aktenschrank oder im Kühlschrank hinter der Milch. Er ist nie da, aber das ist genug für mich. Mehr brauche ich nicht.«

Jennifer betrachtete ihre Hände. Das Glucksen aus dem Heizkörper hielt an. Die Frau, die *Briefumschlag* auf ihr Namensschild geschrieben hatte, sprang auf. Der Klappstuhl kippte um. »Das ist alles?«, rief sie. »Mehr ist dir nicht passiert?«

Dann verstummte sie so unvermittelt, wie sie sich zu Wort gemeldet hatte. Sie erstarrte und schaute zur Treppe. Alle drehten sich neugierig um, und im selben Moment kam ein Löwe die Stufen herunter. Er lief zum Kaffeetisch, fuhr sich mit seiner rosa Zunge über die schwarzen Lippen, hob den Kopf, schnüffelte, drehte

sich um, entdeckte die Frau, auf deren Namensschild *Briefumschlag* stand, und sprang auf sie zu.

* * *

Drei Tage nach dem Überfall und drei Monate und fünf Tage, nachdem sie ihren Freund nach sechs Jahren Beziehung verlassen hatte, stand Dawn Michaels im Wohnzimmer ihrer neuen Wohnung und spürte einen brennenden Schmerz am Bein. Sie krümmte sich und packte ihre Wade mit beiden Händen. Sie rollte sich auf dem Boden. Der Schmerz war schlimmer als alles, was sie jemals gefühlt hatte. Sie fing zu schreien an, hielt ihre Wade fest umklammert und ihre Augen geschlossen. Anscheinend wurde der Schmerz von einem Löwen-Tattoo direkt oberhalb des Knöchels verursacht. Dawn hatte sich das Tattoo etwa drei Monate zuvor stechen lassen, zur Erinnerung an den wiedergefundenen Mut, den sie dringend gebraucht hatte, um mit ihrem Freund Schluss zu machen. Es war gerade erst vollständig verheilt. Blut quoll heraus und rann in ihre Socke, und dann löste sich die Tätowierung mit einem Ruck von ihrer Haut.

Im Wohnzimmer roch es plötzlich stark nach Moschus, und ganz kurz musste Dawn an einen Zirkus denken, in den ihre Oma sie mitgenommen hatte, als sie sechs Jahre alt war. Die Augen des Löwen waren dunkel, die schlitzartigen Pupillen angsteinflößend. Er war im Gegensatz zur Tätowierung nicht grüngold, sondern wirkte in Gelb, Orange und Schwarz sehr lebensecht. Er wuchs und wuchs, bis er die Größe eines ausgewachsenen Löwen erreicht hatte. Er stand vor ihr, seine Mähne bewegte sich in der Brise, die zum Wohnzimmerfenster hereinwehte. Dawn spürte seinen fauligen Atem auf ihrem Gesicht. Der Löwe verengte die Augen. Er schlich sich an sie heran. Dawn drehte sich um und rannte aus dem Zimmer. Sie rannte, so schnell sie konnte, aber der Löwe folgte ihr. Seither hatte keiner der beiden innegehalten.

* * *

»Hier lang!«, schrie Stacey. Dawn und Stacey liefen durch den Stuhlkreis zu einer Tür in der Rückwand des Kellerraums, die in eine Art Großküche führte. Stacey schlug die Tür zu und stemmte sich dagegen. Der Löwe warf sich von der anderen Seite dagegen, es klapperte, aber Stacey schaffte es, die Tür geschlossen zu halten.

»Dahinten«, rief Stacey, nickte zu einer weiteren Tür am anderen Ende der Küche und drückte sich mit Händen und Rücken gegen die Tür. »Wie heißt du?«

»Dawn.«

»Ich bin Stacey.«

Der Löwe schob seine rechte Krallentatze durch den Türspalt.

»Lauf, Dawn!«, rief Stacey.

Dawn lief. Der Löwe brach durch die Tür, stieß Stacey zu Boden und sprang fauchend durch die Küche. Er beachtete Stacey gar nicht, sondern folgte Dawn hinaus. Stacey rappelte sich auf. Sie strich sich mit beiden Händen die Kleider glatt und ging in den Kellerraum zurück.

»Wollen wir …«, begann Detective Philips.

»Wir sollten uns ein andermal treffen«, schlug Stacey vor. »Wie wäre es mit morgen?«

Alle Anwesenden nickten energisch.

6.

Nicht jeder, der sich zum Zeitpunkt des Überfalls in Filiale 117 aufgehalten hatte, fand ein bitteres oder tragisches Ende. In manchen Fällen waren die Folgen weder katastrophal noch verheerend. Für einige hatte sich letztendlich nur wenig geändert. Wie zum Beispiel für Sam Livingstone, der erst vor Kurzem zum stellvertretenden Filialleiter befördert worden war. Obwohl er sich nach dem Überfall einen halben Tag Urlaub genommen hatte, war er schon am nächsten Morgen wieder zur Arbeit erschienen.

Sam saß in seinem Bürosessel und drehte sich im Uhrzeigersinn. Er wusste nicht, warum er befördert worden war. Er war nicht der Ansicht, eine Beförderung verdient zu haben. Seit der Beförderung saß er in seinem neuen Sessel an seinem neuen Schreibtisch in seinem neuen Büro und schaffte rein gar nichts mehr. Sam

schloss die Augen und stellte sich vor, er wäre unter Wasser. Als er sie wieder öffnete, war es so. Alles war wie zuvor, nur eben unter Wasser. Sams Telefon klingelte. Er nahm den Hörer ab und bemerkte, wie viel leichter er jetzt war.

»Sam Livingstone«, sagte Sam.

»Sam?«, fragte Tim.

Tim und Sam waren gleichzeitig befördert worden. »Also, das klingt jetzt bestimmt seltsam, aber …«

»Mein Büro steht auch unter Wasser.«

»Echt?«

»Ja.«

»Was sollen wir tun?«

Irgendetwas knallte gegen Sams Tür. »Moment«, sagte er, »ich rufe dich gleich zurück.«

Sam stieß sich vom Sessel ab, schwamm über den Schreibtisch bis an die Tür und öffnete sie. Seine neue Chefin dümpelte im Flur.

»Warum war Ihre Tür abgeschlossen?«

»Ich muss mich konzentrieren und brauche Ruhe.«

»Aha«, sagte sie. »Woran arbeiten Sie gerade?«

»Barkhouse.«

»Barkhouse? Ich dachte, Sie kümmern sich um Samuelson?«

»Nein, das macht immer noch Meyers.«

»Ich brauche das bald auf meinem Tisch.«

»Ich werde mich sofort darum kümmern.«

Sams Chefin nickte, machte auf dem Teppich kehrt und schwamm davon. Sam schaute auf die Uhr. Es war halb zwölf. Nach dem Mittagessen entdeckte er, dass er sich einfach treiben lassen konnte. Er ließ sich bis unter die Zimmerdecke hinaufsteigen. Es war fantastisch, wie fliegen.

Sam schwamm hinaus in den Schalterraum. Er schwamm einen großen, eleganten Salto von der Decke bis hinunter an den Fotokopierer und wieder zurück. Die Kassierer taten so, als hätten sie nichts gesehen.

Gegen halb vier schwamm Sam zurück in sein Büro. Er verriegelte die Tür und setzte sich in seinen Sessel. Eine Stunde später hatte er den Fall Meyers erledigt und seiner Chefin gemailt.

Als er auf »Senden« geklickt hatte, stieß er mit dem Fuß gegen ein Objekt unter dem Schreibtisch. Er bückte sich und entdeckte einen großen Stöpsel im Boden. Neugierig, wie er war, zog er daran, aber der Stöpsel ließ sich nicht bewegen. Sam fasste ihn mit beiden Händen und zog mit voller Kraft. Jetzt löste sich der Stöpsel, Sam fiel in seinen Sessel zurück. Das Wasser floss ab. Zehn Minuten später war es restlos verschwunden.

Neun Tage nach dem Überfall, sie saß gerade in einem überfüllten Restaurant allein an einem Zweiertisch, war Sandra Morrison plötzlich überzeugt, ihr Herz wäre eine Bombe und würde in zehn Minuten explodieren. Sie wusste, die Vorstellung war aberwitzig, aber ihre Handflächen wurden feucht, und ihre Wangen liefen rot an. Ihr Herz schlug schneller, was ihre Angst nur vergrößerte.

Sandra schaute auf die Uhr und stellte fest, dass seit ihrer Entdeckung bereits drei Minuten vergangen waren. Sie stellte sich vor, wie sie explodieren würde, wie ihr Blut auf die dünnen gelben Vorhänge spritzte und in den grauen Stoff des Kleides der Frau am Nebentisch einsickerte, wie Klumpen ihres Herzens und ihres Hirns auf den Tellern der Leute landeten. Ihr Herz schlug noch schneller.

Sandra schaute wieder auf die Uhr. Ihr blieben nur noch drei Minuten. Sie konnte ihren Herzschlag hören. Sie wusste, sie musste sich entscheiden. Wenn sie das Restaurant jetzt nicht sofort verließ, würde sie explodieren und alle ringsum töten. Im selben Moment wurde ihr klar, dass ihr Herz, wenn sie jetzt aufstand und loslief, erst recht explodieren würde. Dann hätte sie der Angst nachgegeben.

Sie warf einen Blick auf ihre Uhr. Ihr blieb noch eine Minute Zeit. Sandra sah den Minutenzeiger vorrücken. Sie stand auf. Sie setzte sich wieder. Sie schob ihren Stuhl zurück, stand auf und ging zwei Schritte, kam schnell wieder zurück. Sie kniff ihre Augen zu. Sie klammerte sich an der Tischkante fest und biss die Zähne aufeinander. »Alle in Deckung!«, schrie sie, und dann passierte nichts.

ZWEITES BUCH

7.

Am Mittwoch, dem 28. Februar, acht Tage nach dem Überfall, gab es viele gute Gründe, abends nicht zur Paartherapie zu gehen: Jasper ins Bett zu kriegen war ein Kampf gewesen, den wir nur knapp gewonnen hatten; wir waren beide müde, und über unsere Ehe reden zu müssen, um die es schon vor dem Überfall nicht gerade zum Besten stand, empfanden wir als öde und kontraproduktiv. Nach zwei Jahren waren wir erschöpft davon, nachts in sein Zimmer zu schleichen aus Angst, er würde nicht mehr atmen. Erschöpft von seinen Schlafstörungen, von unseren Schlafstörungen, erschöpft vom Schlaftraining. Der Streit darüber, wer sich zu wenig einbrachte, und das ständige Abwägen, ob man ihn erneut vom Zaun brechen sollte oder lieber nicht, hatten uns ausgelaugt, ebenso die Frage, ob wir gute Eltern waren und ob wir uns noch liebten. Aber dann stand der Babysitter vor der Tür. Also gingen wir doch hin.

Unsere Paartherapeutin war eine ältere Dame namens Jeanne Roberts. Ihre langen Finger, das graue, schulterlange Haar und die fleischigen, spitzen Ohren verliehen ihr ein elfenhaftes Aussehen. Als wir die Therapie vor drei Jahren anfingen, fanden wir ihre Ähnlichkeit mit einem Elf sehr niedlich. Die Ähnlichkeit hatte uns mehr als einmal geholfen, am Ball zu bleiben, aber als wir am Mittwoch, dem 28. Februar, zu ihr gingen und Stacey über Nacht achtundzwanzig und insgesamt dreiundachtzig Millimeter an Größe verloren hatte, fanden wir sie einfach nur albern.

Wir saßen zu dritt in Jeannes winzigem Sprechzimmer. Ich sah Staceys Füße über dem Teppich baumeln. Nach den ersten fünfzehn Minuten der einstündigen Sitzung hatte noch keiner ein Wort gesprochen.

»Stacey, Sie sehen heute sehr müde aus«, sagte Jeanne schließlich. Sie sprach den Schrumpfungsprozess nicht direkt an, obwohl er mehr als offensichtlich war. Stacey weigerte sich, neue Kleidung zu kaufen, und die Sachen, die sie trug, waren einige Nummern zu groß.

»Natürlich bin ich das«, sagte Stacey.

»Natürlich«, wiederholte ich.

»David, wollten Sie etwas sagen?«, fragte Jeanne.

»Nein, sorry, alles gut.«

»Es sieht nicht so aus, als ob bei Ihnen alles gut wäre«, sagte Jeanne.

»Na ja, natürlich ist sie müde«, sagte ich. Ich klang

ärgerlicher, als mir lieb war, ich hätte besser den Mund gehalten, aber ich konnte nicht. »Sie ist ständig müde. Ich darf nie müde sein.«

»Teilen Sie das bitte Stacey mit, nicht mir.«

»Du bist sauer, weil ich so müde bin?«

»Sie erwartet alles von mir und gibt nichts.«

»Bitte reden Sie mit Stacey …«

»Ich kann nicht glauben, dass du das ernst meinst.«

»Ich muss dich wortwörtlich auf Händen tragen.«

»Wie lang hast du auf eine Gelegenheit gewartet, diesen Spruch anzubringen?«

»Und du bist nicht mal für mich da, wenn ich einen schlechten Tag habe. Ich darf nie einen schlechten Tag haben.«

»David, wollen Sie damit sagen, dass Sie sich nicht genug wertgeschätzt fühlen?«

»Das liegt daran, dass du *immer* einen schlechten Tag hast. David, *du* bist der Grund für meinen Zustand!«

»David?«

Ich sagte nichts. Ich starrte einfach nur zu Boden.

»Ich bin diejenige, die schrumpft!«, rief Stacey. »Und alles, was du zustande bringst, ist dich darüber zu beschweren, wie anstrengend dein Leben ist!«

»Dann ist es also meine Schuld, dass ich ganz unten auf deiner Prioritäten-Liste stehe?«

»Du tust so, als wenn nichts von alldem deine Entscheidung gewesen wäre! Das Haus, das Kind – alles. Ich brauche jemanden, der mir hilft. Ich brauche einen Partner. Ich brauche jemanden, der nett zu mir ist«, sagte Stacey. Sie sprach das ganz ruhig aus. Und für den Rest der Stunde sagte sie nichts mehr und ich auch nicht.

8.

In der Nacht wachte ich um kurz nach drei auf. Ich weiß nicht, was mich geweckt hatte. Nicht Jasper. Ich war wach, und gerade, weil er nicht schrie, wurde ich auf irrationale Art sauer auf ihn. Warum schlief er ausgerechnet in der Nacht durch, in der ich nicht schlafen konnte? Da war nur Stille, eine anhaltende Stille. Ich schaute nach rechts, aber Stacey war nicht da.

Ich zog die Decke vom Bett, konnte sie aber nirgends finden. Ich hob das Kissen an, aber sie war nicht darunter. Ich stand auf und schaute unter dem Bett nach, befürchtete schon, sie könnte sich ganz aufgelöst haben.

Bis zu dem Moment hatte ich keine Vorstellung gehabt, wie das alles enden würde. Ich hatte es wirklich nicht zu Ende gedacht. Ich hatte mir wohl vorgestellt, sie würde einfach immer weiterschrumpfen und kleiner und kleiner werden. Wir hätten ein Mikroskop auf den Küchentisch gestellt oder so, aber sie wäre immer noch bei uns gewesen. Sie wäre immer da gewesen. Nur eben kleiner.

Ohne mich anzuziehen, eilte ich aus dem Schlafzimmer und die Treppen hinunter. Auf dem zweiten Treppenabsatz blieb ich stehen: Stacey lag schlafend auf dem Sofa. Mein Herz klopfte. Ich war außer Atem. Ich wusste nicht, ob ich sie überreden sollte, zurück ins Bett zu kommen; ich ging auf Nummer sicher und weckte sie nicht. Sobald ich wieder im Bett war, klingelte das Telefon.

»Hallo?«

»Oh«, sagte die Stimme, »Sie sind es.«

»Wer ist da?«

»Ich bin's«, sagte er, und mehr musste er auch nicht sagen.

»Für wen hältst du dich eigentlich?«, fing ich an, »du verdammter, verschissener ...«

»Hey, hey, hey«, unterbrach er mich. Seine Stimme war sanft und tröstlich. »Wissen Sie, vielleicht sollten Sie zur Abwechslung einfach mal zuhören. Ihre Frau sagt, das sei nicht gerade Ihre Stärke.«

»Wie bitte?«

»Entspannen Sie sich. Ich werde nicht weiter auf Ihnen rumhacken. Fragen Sie mich, was immer Sie wollen, ich werde antworten.«

Mir war nicht danach, mit dem Räuber zu reden, und auf keinen Fall hatte ich Lust, ihn um Rat zu bitten. Aber was blieb mir schon übrig?

»Warum haben Sie das getan?«, fragte ich.

»Weil es getan werden musste.«

»Erzählen Sie mir doch nicht …«

»Wenn Ihnen meine Antwort nicht gefällt, in Ordnung. Aber sie bleibt dieselbe. Wollen wir fortfahren?«

»Wie können wir es rückgängig machen?«

»Sie lieben Ihre Frau noch?«

»Natürlich.«

»Ganz sicher?«, fragte er in einem absolut gelassenen Tonfall. Ich wusste, ich könnte jetzt nein sagen, und er würde mich nicht dafür verurteilen. »Nein« wäre eine vollkommen akzeptable Antwort. Während ich noch überlegte, sprach der Räuber weiter.

»Die größte Schwierigkeit beim Kinderkriegen besteht womöglich darin, sich eingestehen zu müssen, dass man die Kinder mehr liebt als die eigene Frau. Dass es überhaupt möglich ist, jemanden noch mehr zu lieben als die eigene Frau. Dass man für diese Liebe nichts leisten muss, macht es nur noch schlimmer. Diese Liebe ist einfach da. Sie ist unzerstörbar und wird immer nur stärker und stärker. Während die Liebe zur Frau, jene Liebe, um die man sich mit aller Kraft bemühen muss, leer ausgeht. Sie wird vernachlässigt, soll gefälligst für sich selber sorgen. Wie eine Zimmerpflanze, die auf dem Fensterbrett vergessen wird.«

Ich wusste nicht, was ich sagen sollte. Wir schwiegen eine ganze Weile.

»Verzeihung«, sagte der Räuber schließlich. »Ich habe mich zu sehr auf die Pflanze konzentriert. In letzter Zeit nimmt das mit den Metaphern einfach überhand bei mir. Sie haben ja keine Ahnung, wie viele Leute ich heute Nacht noch anrufen muss. Passen Sie auf sich auf. Sie haben eine tolle Frau. Passen Sie auf sie auf.«

»Rufen Sie wieder an?«, fragte ich, aber da war die Leitung bereits tot.

9.

Dreizehn Tage nach dem Überfall, als die ersten Strahlen der Nachmittagssonne durchs Schlafzimmerfenster fielen, stand Stacey allein im Türrahmen und vermaß sich ohne meine Hilfe. Sie ließ den Stift sinken, trat einen Schritt vor, drehte sich um und schaute nach. Ihre Körpergröße war noch dieselbe wie am Morgen, 1146 Millimeter nach einem nächtlichen Verlust von einundneunzig Millimetern. Sie setzte sich hin und betrachtete die zehn schwarzen Linien am Türrahmen, eine jede mit Datum, Größe und der Millimeterzahl versehen, die sie über Nacht verloren hatte.

Stacey starrte auf die Zahlen. Wäre ich dabei gewesen, hätte ich sie aufgefordert, sich nicht mehr den Kopf zu zerbrechen, endlich loszulassen, sich auf das Positive zu konzentrieren. Ich hätte nicht bemerkt, dass sie versuchte, ein Muster zu erkennen. Ihre Schrumpfung war ein dermaßen willkürlicher und unglaublicher Vorgang, dass ich nie auf die Idee gekommen wäre, nach irgendwelchen Regelmäßigkeiten zu suchen.

Da wir erst drei Tage nach dem Überfall festgestellt hatten, dass sie überhaupt schrumpfte, wussten wir nicht, wie schnell sie in jenen drei Tagen geschrumpft war; wir wussten nur, dass sie insgesamt neun Millimeter verloren hatte. Seither dokumentierten wir ihr Schrumpfen am Türrahmen, und nun ließ Stacey die Zahlen auf sich wirken.

»Tag vier: zehn Millimeter«, murmelte sie vor sich hin. »Tag fünf: fünfzehn Millimeter. Tag sechs: einundzwanzig Millimeter.«

Die Sonnenstrahlen hatten das Bett erreicht. Stacey überlegte weiter. Für mich wäre keine Gesetzmäßigkeit zu erkennen gewesen. Zwar wurden die Zahlen größer, doch weder verdoppelten sie sich, noch wuchsen sie um denselben Betrag oder mit einem bestimmten Faktor. Die Sonne erleuchtete jetzt den ganzen Raum und tauchte alles in gelbes, hoffnungsvolles Licht. Plötzlich stand Stacey auf. »Achtundzwanzig, sechsunddreißig, fünfundvierzig«, sagte sie laut. Sie trat vor und berührte die unterste schwarze Linie. »Fünfundfünfzig, sechsundsechzig, achtundsiebzig, einundneunzig: Das sind Dreieckszahlen, verdammt!«

Was genau Dreieckszahlen sind, ist nicht einfach zu erklären. Es handelt sich um die Anzahl von Punkten, die es braucht, um gleichschenklige Dreiecke darzustellen. Es ist vielleicht leichter zu verstehen, wenn man es sieht.

Die erste Zahl der Sequenz ist die Eins.

Dann kommt die Drei.

Wenn man eine Reihe unten einfügt, kommt die Sechs …

Und dann die Zehn …

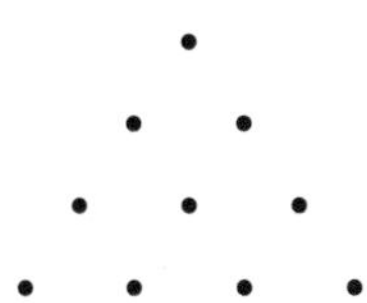

Und dann die Fünfzehn …

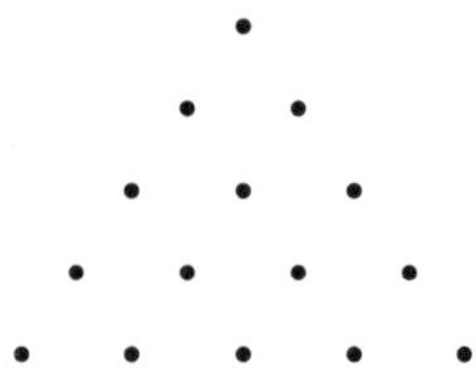

Wenn man eine Reihe anfügt, ist sie immer um einen Punkt länger als die Reihe darüber. Die Formation ergibt stets ein gleichschenkliges Dreieck. Nach der Fünfzehn kommt die Einundzwanzig, und dann geht es folgendermaßen weiter: 28, 36, 45, 55, 66, 78, 91, 105, 120, 136, 153, 171, 190, 210, 231 … und so weiter und so fort.

Stacey war ganz aufgeregt. Sie hatte es durchschaut. Sie stand im gelben Licht der Nachmittagssonne in unserem Schlafzimmer und schwankte ganz leicht hin und her. Sie war stolz darauf, den Code geknackt zu haben, aber dann realisierte sie, was das bedeutete. Sie rannte aus dem Schlafzimmer und schlitterte die Treppen hinunter. In der Küche kletterte sie auf den Tisch, fand einen Stift und ein Stück Papier. Lange Zeit später, als alles vorbei war, fand ich den Zettel ganz hinten in unserem Kleiderschrank. Mit zitternder Hand hatte sie folgende Zahlen aufgeschrieben:

TAG	GRÖSSE	VERLUST
14	1146	91
15	1041	105
16	921	120
17	785	136
18	632	153
19	461	171
20	271	190
21	61	210
22	–	

Was Stacey dann tat, kann ich nur ahnen. Ich bin ziemlich sicher, dass sie alles noch einmal nachgerechnet hat. Sie wird ihre Hypothese überprüft haben und zu der Einsicht gelangt sein, dass sie korrekt war. Ich stelle mir vor, wie sie den Stift zur Seite legt und sich setzt. Ich sehe vor mir, wie sie zu weinen anfängt. Sie wird geweint und geweint haben. Nun konnte sie den Schrumpfungsprozess vorhersagen, gleichzeitig hatte sie zweifelsfrei errechnet, dass sie in acht Tagen vollständig verschwunden sein würde.

Sie hielt diese Information vor mir und Jasper zurück. Obwohl Stacey zu jedem Treffen der Selbsthilfegruppe ging, insgesamt acht Mal, und obwohl sie mir ausführlich und bis ins kleinste Detail berichtete, was jedem Einzelnen dort passiert war, hatte sie beschlossen, ihre Entdeckung und den Tag ihres Verschwindens vor mir geheimzuhalten.

10.

Der einzige andere Betroffene, der es mit einem Schrumpfungsprozess zu tun bekam, war David Bishop, der als Erster in der Schlange gestanden und dem Räuber eine billige alte Uhr gegeben hatte. Er fuhr gerade zum Abendessen bei seiner Mutter, als er auf seinem Mobiltelefon achtundneunzig neue Nachrichten sah. Jede Einzelne davon stammte von seiner Mutter. Nachdem er die ersten siebzehn abgehört hatte, fiel ihm auf, dass der Wortlaut jedes Mal gleich war. Nur die Tonhöhe änderte sich von Nachricht zu Nachricht, wenn auch nur minimal. David tippte auf seinem Handy herum und sah, dass alle Nachrichten zur selben Zeit eingegangen waren. Das kam ihm seltsam vor.

Er erreichte das Haus seiner Mutter, parkte und stieg aus dem Auto, und dann hörte er eine leise Stimme. »Pass auf, du Trottel«, meinte er zu hören. Bishop schaute an sich herunter und sah, dass er um ein Haar auf eine winzige Version seiner Mutter getreten wäre, die grob geschätzt ein Achtundneunzigstel ihrer eigentlichen Größe ausmachte. Sein Fuß schwebte über der Mutter, sein Blick schweifte in den Vorgarten. Er war mit Miniaturversionen seiner Mutter überfüllt. Kleine Mütter standen auf dem Bürgersteig und auf der Veranda. Die kleinen Mütter waren überall.

»Entschuldigung«, sagte David. Vorsichtig setzte er den Fuß ab.

»Tu nicht so dramatisch«, sagte die kleine Mutter. »Das ist nur das Alter.«

»Nein, das stimmt nicht.«

»Doch!«

»Ich kenne niemanden, dem so was passiert wäre.«

»Wie viele alte Leute kennst du schon? Wie dem auch sei, mir ist es passiert.«

»*Was?*«

»Nimm uns mit ins Haus. Wir erzählen es dir drinnen«, sagte die kleine Mutter und streckte ihre Arme in die Luft. David bückte sich und hob sie auf. Als er zum Haus ging, reckte jede der Mütter auf die gleiche Art die Arme zu ihm hoch. David nahm sie alle mit. Obwohl sie so klein waren, konnte er immer nur zwölf auf einmal transportieren. Um ganz sicher zu sein, ging Bishop neun Mal hinaus, sammelte alle achtundneunzig kleinen Mütter auf und setzte sie auf dem Küchentisch ab. Sie waren ein bisschen kleiner als die Pfeffermühle.

Die kleinen Mütter schauten zu ihm auf. Keine von ihnen sah besonders glücklich aus. David konnte nicht glauben, wie zerbrechlich seine kleinen Mütter wirkten. Achtundneunzig graue Häupter, achtundneunzig krumme Rücken, hundertsechsundneunzig Krähenfüße an hundertsechsundneunzig zusammengekniffenen Augen – in dieser Wiederholung war es unmöglich, ihr Alter zu übersehen.

Er konnte sie so nicht alleine lassen. Vorsichtig begann er, seine Mütter einzustecken. Seine Jacke hatte sechs Taschen; zwölf kleine Mütter passten in jede äußere Tasche, acht in jede Innentasche, und wieder zwölf in die tiefen Taschen seines Mantels. Die übrigen vier-

unddreißig setzte Bishop in den Karton eines Toasters, den er seit Wochen schon hatte umtauschen wollen und der deswegen in seinem Kofferraum stand. Einige kleine Mütter wollten unbedingt in die Außentaschen, der Aussicht wegen, während andere lieber in die warmen Innentaschen wollten. In den Toasterkarton wollte keine. Bishop fragte nicht nach ihren Vorlieben, er griff sich die Mütter einfach und verstaute sie. Es kam zu viel Genörgel. David trug den Karton vorsichtig zum Auto und stellte ihn ebenso vorsichtig in den Fuß-

raum vor der Rückbank. Er stieg ins Auto und fuhr nach Hause, sehr vorsichtig. Wendy, seine Frau, saß gerade am Küchentisch und bearbeitete Rechnungen, als er hereinkam und die Kiste abstellte.

»Ich dachte, du wolltest ihn umtauschen?«, sagte sie.

Bishop antwortete nicht. Er begann, kleine Mütter aus seinen Taschen zu holen und auf den Esstisch zu setzen.

»Was ist passiert?«

»Offenbar hat sie sich geteilt.«

»Bleibt sie hier?«

»Ich kann sie so nicht alleine lassen.«

»Nein, das kannst du wirklich nicht.«

Dass die Mütter jetzt so winzig waren, machte sie kein bisschen pflegeleichter. Jede Einzelne von ihnen war, was Ess-, Schlaf- und Lebensgewohnheiten betraf, nicht weniger anspruchsvoll, als es Davids Mutter in ihrer vollen Größe gewesen war. Sie alle trugen dasselbe Kleid, aber alle hatten auch nur dieses eine. Sie hatten kein Besteck und keine Teller, von denen sie essen konnten, und schlafen mussten sie in provisorischen Betten aus Eisstielen und Watte.

Die kleinen Mütter breiteten sich überall im Haus aus. Sie marschierten einfach los und fanden dann den Rückweg nicht. Ständig entdeckte David kleine Mütter, die in den Lüftungsschlitzen der Klimaanlage hingen oder knietief in den Topfpflanzen steckten. Das Medizinschränkchen schien eine geradezu magnetische Anziehungskraft auf sie auszuüben. Ein paar kleine Mütter gingen ganz verloren.

Am nächsten Tag rief Wendy David bei der Arbeit an und bat ihn, schnell nach Hause zu kommen. Als er in die Küche trat, standen mehr kleine Mütter auf dem Küchentisch, als er zählen konnte.

»Was ist passiert?«

»Sie haben sich wieder geteilt.«

»Im Ernst?«

»Ja.«

David schaute den kleinen Müttern bei der nächsten Teilung zu. Nun waren es doppelt so viele, sie waren halb so groß.

»Was sollen wir tun?«, fragte David.

»Ich weiß nicht, ob man da irgendetwas tun kann.«

Die Mütter standen dichtgedrängt und bedeckten jeden Zentimeter des Esstisches. Die kleinen Mütter teilten sich wieder. Sie hoben kollektiv den Kopf und bedeuteten David, sich zu bücken. Er gehorchte und drehte seinen Kopf so, dass sein Ohr fast die kleinen Köpfe berührte.

»Wir haben keine Angst«, riefen sie.

»Das ist gut«, sagte David. Er wollte ihre Hände halten, aber die waren zu klein, er konnte sie nicht einmal richtig sehen, also hielt er stattdessen Wendys Hand. Nur einen Moment später teilten die Mütter sich wieder, und dann noch einmal, und bald waren sie so klein, dass David sie nur noch sehen konnte, wenn er die Augen zusammenkniff. Er ging zum Fenster und öffnete es. Ein Windstoß fuhr in die Küche, fegte über den Tisch und trug alle kleinen Mütter davon.

11.

Am Freitag, dem 9. März, sechzehn Tage nach dem Überfall, trug ich Stacey die Treppe zur St. Matthew's-Kirche hinauf. Wir wussten beide nicht, dass das zwölfte zugleich das letzte Treffen der Selbsthilfegruppe sein würde. Stacey war zu jedem einzelnen Meeting gegangen und hatte gesehen, wie die Teilnehmerzahl sich dezimierte.

Sie maß jetzt noch 785 Millimeter. Denken Sie an ein Lineal, wie Sie es früher in der Schule hatten: Stacey war etwas mehr als doppelt so groß. Hier ist eine Auswahl von Dingen, die größer waren als meine Frau an jenem Tag: unsere Küchenstühle, die meisten Fernsehapparate, ihr zweieinhalbjähriger Sohn.

»Jasper, sei vorsichtig mit deiner Mutter«, sagte ich. Er trat einen Schritt zurück, ich setzte Stacey ab. Sie verschwand in der Kirche, Jasper ergriff meine Hand. Ich drückte zu fest zu. Jasper riss sich los, drehte sich um und hüpfte die Treppe hinunter. Seine Schuhsohlen machten auf jeder Stufe ein Klatschgeräusch. Stacey wendete dieselbe Technik an, um über die Treppe in den Kellerraum zu gelangen.

Dieses Mal waren keine Klappstühle aufgestellt. Es gab keine Namensschilder und auch keine Stifte. Kein Geruch von frisch gebrühtem Kaffee. Stacey setzte sich auf die unterste Stufe und schaute zum Lichtschalter hoch.

Das Treffen hätte vor fünfzehn Minuten beginnen sollen. Stacey war der einzige Mensch im Raum. Nach zwanzig Minuten hörte sie schwere Schritte auf der Treppe. Sie drehte sich um und entdeckte Detective Philips, den sie seit dem neunten Treffen der Filiale-117-Selbsthilfegruppe nicht mehr gesehen und schlichtweg für tot gehalten hatte.

* * *

Am Tag des Überfalls hatte Detective William Philips darauf verzichtet, den Helden zu spielen, und dem Räuber stattdessen einen großen, antiken Schlüssel ausgehändigt. Er war in die Bank gekommen, um seine Telefonrechnung zu bezahlen. Bei der Antiquität handelte es sich um den Originalschlüssel zu Haus Nummer 152 in der Patrick Street in Toronto, wo Philips zeit seines Lebens gewohnt hatte.

Mit seiner Entscheidung, nicht den Helden zu spielen, haderte Detective Philips selbst vierzehn Tage nach dem Überfall noch. Am Abend des fünfzehnten Tages, es war etwa halb sieben und Philips kurz davor, sich zum zehnten Treffen der Selbsthilfegruppe aufzumachen, wischte er den Küchentisch sauber, als sich ein großes Stück Geschichte von der Zimmerdecke löste und ihn am Hinterkopf traf. Er schaute nach oben und sah, wie sich der Rest der Geschichte verfestigte und fiel.

Vor ihm hatten schon zwei Generationen von Philips' in dem Haus gelebt; es gab also jede Menge Geschichte, die hier auf ihn einprasseln konnte. In der Diele hätte er mehr Glück gehabt, die Geschichte dort war relativ leichtgewichtig, hauptsächlich Verabschiedungen und kurze Begrüßungen. Aber Detective Philips hielt sich in der Küche auf, dem Ort unzähliger nächtlicher Verzweiflungen, frühmorgendlicher Erleuchtungen und dreier Zeugungen. Die wichtigsten Ereignisse des Hauses hatten sich in dieser Küche ereignet. Die Geschichte, die hier von der Decke kam, war reichhaltig und schwer. Sie bröckelte und fiel und begrub ihn komplett unter sich.

»Hilfe!«, rief Detective Philips, aber niemand konnte ihn hören. Zu hoch hatte sich die Geschichte über ihm aufgetürmt. Die Geschichte hatte die Fenster verrammelt. Darunter war es dunkel, und es gab kaum Bewegungsspielraum. Die wenige verbleibende Luft war stickig und verbraucht.

Die ganze Nacht hindurch rief Detective Philips nach Hilfe, doch niemand half. Er hatte weder Essen noch Trinken. Er wurde schwächer und schwächer, und irgendwann versteifte er sich auf den Gedanken, dass nichts von alledem passiert wäre, wenn er nur den Räuber aufgehalten hätte. Dann wäre er jetzt nicht unter der Geschichte begraben. Jenna Jacob und Grace Gainsfield hätten kein tragisches Ende gefunden. Stacey Hinderland und Dawn Michaels wäre so manche Unannehmlichkeit erspart geblieben.

Auch den nächsten Tag verbrachte Detective Philips als Gefangener seiner Familiengeschichte. Und die nächste Nacht. Er schlief kaum. Sein Hunger und sein Durst steigerten sich ins Unermessliche. Am nächsten Morgen, die siebenunddreißigste Stunde seiner Gefangenschaft war gerade angebrochen, packte ihn die Panik. Detective Philips hatte nicht gewagt, sich zu bewegen, aus lauter Angst, die Geschichte könnte verrutschen und ihn erdrücken. Aber nun musste er einsehen, dass ihm keine andere Wahl blieb, und er begann zu zappeln und zu stemmen. Die Geschichte über ihm verschob sich, aber statt dass seine kleine Luftblase verschwand, brach sie auf. Ein Lichtstrahl fiel in seine Augen. Er war lebendig begraben gewesen, aber nun konnte er wieder sehen.

Bei dem Geschichtsbrocken unmittelbar vor seiner Nase handelte es sich um einen unpassenden Kommentar, den ein betrunkener Onkel bei einem ohnehin recht angespannten Weihnachtsessen von sich gegeben hatte. Detective Philips schaute nach rechts, wo sein Urgroßvater sich mitternachts eingestehen musste, dass er die Rechnungen nicht mehr bezahlen konnte. Direkt darüber hing ein tränenreiches Geständnis seiner Großtante, die wiederholte außereheliche Affären beichtete. Detective Philips erstarkte mit jedem Stück Geschichte, das er wahrnahm. Er wühlte in der Geschichte herum, bis er genug Platz fand, um aufzustehen. Er stieß sich vom Lineoleumboden ab und kämpfte sich durch die Geschichte nach oben.

Detective Philips schwamm an Verwandten vorbei, die er nie getroffen, von deren Existenz er nicht einmal gewusst hatte. Er schaute zu, wie sie ihre Jobs verloren, ihre Lebensgefährten, ihre Hoffnungen. Er sah gescheiterte Geschäfte, gebrochene Versprechen, die gescheiterten und gebrochenen Männer dahinter. In weniger als sechs Minuten schaffte er es bis an die Spitze des Haufens. Er schwamm ans Fenster und klammerte sich an eine Vorhangstange.

»Ihr seid alle Versager!«, brüllte er in den Haufen der Familiengeschichte hinein. »Wir sind eine Versagerfamilie. Drei Generationen!« Detective Philips lachte. Er holte tief Luft. Er ließ die Vorhangstange los und tauchte wieder unter.

* * *

Als Detective Philips die Treppe des Kellers hinunterstieg, schob er den Modergeruch seiner Geschichte vor sich her. Drei Stufen oberhalb von Stacey blieb er stehen. Er war schockiert über ihre neue Größe. Er schaute sich um und bemerkte, dass niemand die Klappstühle aufgestellt oder Kaffee gekocht hatte.

»Wo sind denn die anderen?«, fragte er.

»Ich dachte, ich wäre die Einzige, die noch übrig ist«, sagte Stacey.

»Brauchen Sie Hilfe?«

Stacey schüttelte den Kopf.

»Wären Sie lieber allein?«, fragte er.

Stacey nickte und lauschte auf seine Schritte, die sich entfernten und dann ganz verhallten. Sie wartete zwanzig weitere Minuten, aber es kam keiner mehr.

DRITTES BUCH

12.

Vier Tage nach dem letzten Treffen der Filiale-117-Selbsthilfegruppe wachte Stacey auf dem Sofa auf und blickte in zwei gigantisch große, starre Augen. Die Augen waren blau – das war alles, was sie sehen konnte. Die Nase wurde von den Sofakissen verdeckt, die Stirn befand sich außerhalb ihres Sichtfeldes. Stacey bekam Angst. Die Augen starrten, blinzelten, verengten sich leicht, und da erkannte Stacey ihren Sohn.

Sie brauchte keine schwarze Linie am weißen Türrahmen, um zu wissen, dass sie über Nacht um zweihundertzehn Millimeter geschrumpft und nur noch einundsechzig Millimeter groß war. Sie war jetzt kleiner als ein Autoschlüssel.

Nach ihren Berechnungen war dies unser letzter gemeinsamer Morgen. Heute Nacht würde sie nicht mehr nur schrumpfen, sondern verschwinden. Aber zu dem

Zeitpunkt ahnte ich das nicht. Sie hatte mir nicht erzählt, dass sie den Code geknackt hatte und folglich wusste, dass sie wegschrumpfen würde.

Ich weiß bis heute nicht, warum sie mir nichts gesagt hat.

An jenem Morgen war Stacey sehr traurig. Sie schaute zu Jasper hoch und sah ihre Traurigkeit in seinen Augen. Schnell setzte sie sich auf und zwang sich zu einem Lächeln.

»Guten Morgen, Baby«, schrie sie.

»Mommy!«

»Wollen wir was spielen?«

»Ja!«, sagte Jasper. Er hopste und drehte sich einmal um die eigene Achse.

»Okay, aber du musst sehr vorsichtig mit Mommy sein.«

»Vorsichtig mit Mommy«, sagte Jasper und nickte. Er zog eine Grimasse, um ihr zu beweisen, dass er hochkonzentriert war.

»Streck deinen Finger aus«,

sagte Stacey. Jasper spannte seinen Zeigefinger an. »Ein bisschen höher, Baby, ein bisschen höher.«

»Höher«, wiederholte Jasper. Er hielt seinen Finger über das Sofa. Stacey streckte beide Arme über den Kopf und berührte seinen Zeigefinger. »Ein bisschen tiefer, Baby«, sagte Stacey. Jasper bewegte seinen Finger etwas nach unten, Stacey konnte ihn nun ganz umgreifen und ihre Finger darüber verschränken. »Und los geht's!«

Jasper rannte. Stacey klammerte sich fest. Der Wind zerzauste ihre Haare. Sie wurde nach rechts geschleudert, als Jasper die Kurve in die Küche nahm. Sie fühlte sich frei wie ein Vogel, aber dann stoppte Jasper abrupt ab, sie konnte sich nicht mehr festhalten und wurde nach vorn geschleudert. Sie flog durch die Luft und landete ungelenk auf den schwarz-weißen Linoleumfliesen.

»Stacey«, rief ich, lief um die Kücheninsel herum und bückte mich. Jasper fing zu weinen an. Stacey setzte sich auf und schob meine Hand weg. Sie sah ihren Sohn an.

»Cornflakes?«, fragte sie.

»Cornflakes!«, rief Jasper und hörte sofort zu weinen auf.

Ich füllte eine orangefarbene Schüssel mit unseren letzten Cornflakes. Stacey kletterte auf den Tisch. Sie versuchte zu verbergen, dass sie ihren rechten Arm schonte. Sie hielt eine Traube mit beiden Händen fest, schloss die Augen und biss hinein.

»Muss das sein?«, fragte ich.

»Muss was sein?«, fragte sie zurück, aber mit so viel Fruchtfleisch in ihrem Mund klang es mehr nach *Mu wa wei?*

»Mu wa wei?«, wiederholte Jasper.

»Was, wenn er ausgerutscht wäre?«

»Reg dich nicht auf.«

»Mu wa wei!«, wiederholte Jasper. Er hüpfte auf seinem Stuhl herum und verlor das Gleichgewicht. Er ruderte mit den Armen, um nicht hinzufallen, und warf mit der linken Hand die Milchtüte um. Die Welle war groß genug, um Stacey von den Füßen zu reißen.

»Alles okay, alles okay!«, rief Stacey, dabei war offensichtlich, dass nichts okay war. Jaspers Weinen steigerte sich zu lautem Geheul.

»Alles gut, Baby.«

»Es tut mir leid…«

»Okay, los geht's!«, sagte ich und klatschte in die Hände, »wir müssen in den Kindergarten!«

»Nein!«, rief Jasper, und sein Widerstand wurde noch energischer, als ich ihn durch den Flur trug. »Nein. Nein. Nein!«, rief er. Ich zog ihm Stiefel, Jacke und Mütze an.

»Lass ihn doch«, rief Stacey.

»Ich werde dich tragen«, sagte ich und hob meinen Sohn in die Höhe, »wie einen Kartoffelsack!«

Jasper lachte. Ich legte ihn mir über die Schulter.

»Bye bye, Mom!«, sagte Jasper hinter meinem Rücken.

Er winkte Stacey in der Küche zu. Sie hielt immer noch die angebissene Traube in beiden Händen. Sie hörte, wie die Haustür zufiel, und dann wurde es totenstill im Haus.

13.

An dem Nachmittag stand ich in Gang sechs in Sobey's Supermarkt in der Dupont Street. Stacey steckte in der Brusttasche meines Sakkos. Sie konnte nicht herausschauen. In der Tasche war es dunkel und stickig, und egal, wie vorsichtig ich mich bewegte, sie schaffte es einfach nicht, das Gleichgewicht zu halten.

»Ich kann sie nicht finden«, sagte ich.

Ich hörte, wie sie aufseufzte, dann wurde es still. Ich war mir fast sicher, dass sie weinte. »Es ist die gelbe Packung«, tönte ihre Stimme dumpf aus der Tasche.

»Ja. Ich weiß, dass es die gelbe Packung ist. Aber hier sind keine. Wahrscheinlich ausverkauft.«

»Nie im Leben sind die Cornflakes ausverkauft.«

»Sieht aber ganz danach aus.«

»Ich komme raus.«

»Warte«, sagte ich. Am Ende des Ganges lungerten

zwei Studenten herum. Offenbar kauften sie die Frühstücksflakes, die sie als Kinder nicht essen durften. Ich wartete, bis sie weg waren, schaute noch einmal in die andere Richtung. »Okay«, sagte ich, »jetzt.«

Ein paar Tage zuvor hatte ich in den Stoff meines Sakkos kleine Schnitte gemacht, vom Inneren der Brusttasche bis hoch an die Schulter, und nun benutzte Stacey sie als Leiter. Sie kletterte auf meine rechte Schulter. Niemand war in dem Gang außer uns.

»Mein Gott, David«, sagte sie. »Da stehen sie doch.«

»Wo?«

»Na, da!«

Ich blickte in die Richtung, in die ihr Finger zeigte, und entdeckte die gelben Cornflakesschachteln. »Oh, ja, da sind sie. Danke. Brauchst du Hilfe?«, fragte ich, aber da war sie schon wieder in die dunkle Tasche zurückgeklettert.

* * *

Während ich die Einkäufe verstaute, kletterte Stacey über das Radio und die Lüftungsschlitze bis auf das Armaturenbrett. Ihre Stirn war verschwitzt, ihr winziger Brustkorb hob und senkte sich. Ich setzte mich auf den Fahrersitz und schloss die Tür.

»Das ist zu unsicher da oben.« Stacey verdrehte die Augen. Ich schnallte mich demonstrativ an.

Als wir vom Parkplatz rollten, saß Stacey immer noch auf der Ablage, leicht nach vorn gebeugt und mit weit gespreizten Beinen. Sie stützte sich auf beide Hände, um die Balance zu halten. Das Haar fiel ihr ins Gesicht. Sie schwankte leicht in Richtung Radio. Der Verkehr war dicht, aber das war in Ordnung, denn Stacey wirkte unbeschwert und glücklich, wie damals, als wir anfingen, miteinander auszugehen. Als ich vor Jaspers Kindergarten parkte, wurde sie wieder traurig.

»Warum kommst du nicht einfach mit, in meiner Tasche?«, fragte ich.

Sie schüttelte den Kopf, und ich musste dem Drang widerstehen, sie einfach einzustecken. Ich stieg aus, ging drei Schritte, seufzte, kehrte um. Ich öffnete die Fahrertür und ließ das Fenster ein paar Zentimeter herunter. »Entschuldigung«, sagte ich. Sie hatte mir erzählt, in solchen Momenten komme sie sich vor wie der Familienhund.

* * *

Stacey saß auf der Ablage, zog sich die Schuhe aus und wieder an. Sie fürchtete, einen schrecklichen Fehler zu begehen. Sollte sie ihre letzten Stunden nicht besser mit neuen, aufregenden Aktivitäten verbringen, anstatt krampfhaft am normalen Tagesablauf festzuhalten? Sie atmete immer flacher und schneller. Sie warf einen

Blick aus dem Fenster, konzentrierte sich auf die dicken Schneeflocken, beruhigte sich wieder. In dem Moment sah sie Dawn die College Street entlangrennen.

Dawn sah nicht gut aus. Ihre Haare waren durcheinander, die Schuhe nicht zugebunden und ihr Gesicht ungewaschen. Aber am verstörendsten war ihre absolute Erschöpfung.

Stacey rannte über das Armaturenbrett, sprang auf die Lenksäule und von dort auf den Lichthebel. Sie balancierte bis ans Ende und betätigte mit beiden Händen die Lichthupe.

»Dawn«, schrie sie, »hier drin! Hier!«

Staceys Stimme war schwach und leise, aber sie drang dennoch durch den Fensterschlitz. Dawn hastete zum Auto, riss die Fahrertür auf und duckte sich in den Fußraum. Sie schaute noch einmal zu Stacey hoch und kniff dann die Augen zu.

Der Löwe kam um die Ecke. Er blieb stehen. Er hob die Nase, schnüffelte, lief zum Auto.

»Kannst du ihn sehen?«, flüsterte Dawn, ohne die Augen zu öffnen.

»Ja«, antwortete Stacey.

Auf Höhe des Autos blieb der Löwe stehen und schnüffelte noch einmal. Er senkte den Kopf und schnüffelte am Asphalt. Er kam langsam auf das Auto zu. Er schnüffelte die Tür ab, von unten bis hoch an den Türgriff.

»Nicht bewegen. Sei still«, flüsterte Stacey.

Eine Löwentatze schlug an die Seitenscheibe. Stacey geriet aus dem Gleichgewicht und hatte Mühe, auf dem Lichthebel zu bleiben. Sie sah, wie der Löwe beide Vordertatzen von außen an die Scheibe legte. Sein Atem ließ das Glas beschlagen, in immer größer werdenden Kreisen.

»Lass ihn nicht rein«, flüsterte Dawn.

Stacey blickte nach unten und sah den Schlüssel im Zündschloss stecken. Der Löwe brachte das Auto zum Schaukeln. Alles wackelte. Stacey holte tief Luft, ließ sich kopfüber vom Lichthebel fallen, streckte die Arme aus, packte im Fallen den Schlüsselring, schwang herum und trat mit aller Kraft gegen den knallroten Alarmknopf des Autos. Die Scheinwerfer blinkten, die Hupe ertönte, der Löwe lief weg.

Nach einer Weile erhob sich Dawn gerade so weit, dass sie über das Armaturenbrett hinwegsehen konnten. Sie schaute auf die College Street hinaus. Sie schaute nach links, nach rechts, wieder nach links. Sie schraubte sich in den Fahrersitz und streckte eine Hand aus. Stacey ließ sich hineinfallen.

»Wer ist noch übrig?«, fragte Dawn.

»Na ja«, sagte Stacey, »ich bin noch da. Und du.«

»Immerhin werden wir nicht so enden wie Grace Gainsfield«, sagte Dawn.

»Nein, wir werden nicht so enden wie Grace Gainsfield.«

Die beiden Frauen schwiegen minutenlang.

»Ich muss jetzt los«, sagte Dawn. Sie setzte Stacey auf der Ablage ab und öffnete die Fahrertür. »Ich muss in Bewegung bleiben«, sagte sie. Dawn stieg aus dem Auto und rannte davon. Stacey versuchte nicht, sie aufzuhalten.

14.

Acht Tage nach dem Überfall war Grace Gainsfield – sie hatte dem Räuber eine kleine, getrocknete Blume gegeben, die sie als Lesezeichen verwendete – in einem nasskalten Bett aufgewacht. Sie musste feststellen, dass ihr Gatte sich in einen Schneemann verwandelt hatte. Sie stand auf und trat sofort in eine Pfütze. Sie drehte sich zu ihrem Mann um. Der Kopf schmolz schneller als der Rest des Körpers; die linke Gesichtshälfte war verrutscht, Mund und Augenhöhlen grotesk verschoben und verlängert. Das Telefon klingelte, und vor lauter Schreck nahm Grace den Anruf an.

»Hallo?«

»Rufe ich zu früh an?«, fragte ihre Schwiegermutter.

»Nein, ich bin schon wach.«

»Kann ich mit Daniel sprechen?«

»Hm. Er ist nicht da.«

»Wo ist er?«

»Bei der Arbeit.«

»Um halb sieben?«

»Du kennst Daniel.«

»Kommt ihr am Donnerstag?«

»Donnerstag?«

»Zum Abendessen.«

»Oh, ja«, sagte Grace. »Auf jeden Fall.« Sie schaute zu Boden. Die Jeans von gestern lag am Rand der Pfütze, das Wasser hatte gerade angefangen, im linken Hosenbein aufzusteigen. »Natürlich kommen wir.«

»Gut.«

»Ich sag ihm, er soll dich anrufen.«

»Danke. Mach's gut.«

»Bye.«

Grace legte den Hörer auf. Sie nahm ihn hoch, hämmerte ihn noch einmal auf die Gabel. Sie wiederholte das drei Mal. Sie ignorierte das Bett, betrachtete stattdessen die Pfütze am Boden. Sie zählte die Tropfen, die hineinfielen. Sie merkte, dass die Tropfen immer größer wurden und dass die Abstände, in denen sie fielen, sich rapide verkürzten.

Hastig und ohne ihren Mann anzuschauen, lief Grace aus dem Zimmer und die Treppen hinunter. Ihre nassen Füße hinterließen Abdrücke auf dem Parkett.

Grace kehrte mit einer schwarzen Mülltüte ins Schlafzimmer zurück. Die Sonne schien durch das große Erkerfenster und ließ den Schneemann noch schneller schmelzen. Grace holte tief Luft und schob die Tüte unter den Schneemann. Mit einem festen Griff zog sie ihn vom Bett herunter. Er landete mit lautem Klatschen auf dem Boden, zerbrach aber nicht. Sie zerrte ihn hinaus in den Flur und die Treppen hinunter bis in den Keller.

An der Wand stand eine große weiße, laut brummende Kühltruhe. Grace klappte den Deckel auf und warf den gesamten Inhalt auf den Betonboden. Erst dann merkte sie, dass der Schneemann nicht in die Truhe hineinpassen würde. Schon färbte der Betonboden sich dunkelgrau, unter dem Kopf des Schneemanns sammelte sich das Wasser. Grace rannte hoch in die Küche. Sie nahm ein großes Messer, ein kleines Obstmesser, Küchentücher und die Rolle mit den schwarzen Mülltüten und trug alles hinunter in den Keller. Sie nahm das große Messer, drehte es ein paarmal in der Hand hin und her, und dann köpfte sie den Schneemann.

Sie musste mehrmals ansetzen. Ihr Arm war schon lahm, noch bevor sie den Kopf vom Torso getrennt hatte. Sie hob den Kopf von der Plastiktüte und legte ihn in die Gefriertruhe.

Sie griff das Messer andersherum und machte sich

mit schnellen Hackbewegungen daran, den Mittelteil des Schneemanns vom Unterteil zu trennen. Den Unterkörper zerhackte sie wiederum zu kleineren Brocken. Das Eis spritzte in alle Richtungen. Ihr Nachthemd war bald durchnässt. Sie hackte auf den Mittelteil ein, bis auch der in Brocken zerlegt war. Sie legte alle Brocken in die Gefriertruhe. Zuletzt kreuzte sie die Äste, die einmal seine Arme gewesen waren, legte sie behutsam oben auf die Brocken und schloss die Klappe.

An dem Abend begann Grace, Schnee zu sammeln. Sie sammelte Schnee von den Motorhauben geparkter Autos, von fremden Veranden und Kirchentreppen. Sie sammelte Schnee, auf den viele, niemand oder nur Kinder getreten waren. Sie stellte ein Tablett vors Fenster und sammelte Schnee, der noch nie den Boden berührt hatte. Sie katalogisierte jede Schneeprobe und nahm sie mit ins Haus, wo sie ihre Experimente durchführte.

Sie erhitzte den Schnee und beobachtete, wie er zu Wasser wurde. Sie schaute zu, wie das Wasser sich in Dampf verwandelte. Sie fror den Dampf ein und studierte, wie er zu Eis wurde. Sie experimentierte die ganze Nacht. Am Freitag meldete sie sich bei ihrem Arbeitgeber krank. Den ganzen Samstag und Sonntag studierte sie den Schnee in all seinen Aggregatzuständen. Am Montag meldete sie sich wieder krank und setzte ihre Experimente fort.

Kurz nach Mittag wurde sie bei der Arbeit gestört. Jemand klopfte ausdauernd an die Haustür. Grace öffnete und sah zwei Detectives, einen älteren und einen jüngeren. Der Ältere hielt seine Polizeimarke in die Höhe und wandte sich an sie.

»Sind Sie Grace Gainsfield?«

»Ja.«

»Dürfen wir hereinkommen?«, fragte der Jüngere.

Grace trat zurück, ging in die Küche und setzte sich an den Tisch. Die Detectives blieben stehen. »Wussten Sie, dass Ihr Ehemann vermisst gemeldet wurde?«, fragte der Ältere.

»Nein, das wusste ich nicht. Danke.«

»Er wird seit fünf Tagen vermisst«, sagte der Jüngere. »Eine gewisse Rebecca Gainsfield hat sein Verschwinden angezeigt. Kennen Sie sie?«

»Das ist seine Mutter.«

»Ja, genau.«

»Wir finden es ein bisschen seltsam, dass nicht Sie ihn vermisst gemeldet haben«, sagte der Jüngere.

»Wissen Sie, wo Ihr Ehemann ist?«

»Ja. Er ist unten im Keller in der Gefriertruhe«, antwortete Grace. Die Detectives tauschten Blicke aus.

»Können wir ihn sehen?«

Grace nickte. Sie öffnete die Kellertür und stieg die Treppe hinunter. Die Detectives folgten ihr. Grace öffnete die Gefriertruhe. Die Detectives schauten hinein. Der Ältere nickte traurig, der Jüngere sah ihn fragend an.

»In Ordnung, vielen Dank, Mrs Gainsfied«, sagte der ältere Detective. Seine Stimme klang sanft und traurig. Der Jüngere sagte gar nichts. Die Gefriertruhe blieb offen stehen, Grace begleitete die Detectives hinaus.

Sie hatte noch viele weitere Experimente geplant, aber plötzlich fühlte sie sich müde. Sie hatte Tee gekocht, aber sie trank ihn nicht, stattdessen setzte sie sich im Schlafzimmer ans Erkerfenster und schaute hinaus. Es begann zu schneien. Der Schnee sammelte sich auf dem Fensterbrett, auf den Ästen der Bäume, auf dem Gehweg vor dem Haus. Die Flocken waren unaufhaltsam und unendlich viele. Als es dunkel wurde, ging Grace zurück in den Keller, rückte die Gefriertruhe von der Wand ab und zog den Stecker.

Die Gefriertruhe brummte nicht mehr. Grace öffnete sie und kletterte hinein. Sie ließ die Klappe zufallen. In der Gefriertruhe war es ziemlich kalt, aber nach einer Weile hörte Grace zu zittern auf. Der Schneemann begann zu schmelzen. Der Wasserpegel stieg. Bald konnte Grace das Wasser an ihren Schultern spüren. Sie schloss die Augen, als es über ihr Gesicht kroch.

15.

Die an die Wand geklebten Basteleien aus Tonpapier flatterten, als ich in Jaspers Kita den Flur durchquerte. Jasper entdeckte mich und tat etwas, was er noch nie zuvor getan hatte: Er fand mich interessanter als ein Schlaginstrument. Er ließ sein Tamburin fallen und rannte mir entgegen. Ich breitete die Arme aus, aber er drückte sie weg, zog an der Brusttasche meines Sakkos und schaute hinein.

»Mommy?«, flüsterte er.

»Sie ist im Auto«, sagte ich.

Er lief weg, hob das Tamburin auf und fiel wieder ins Lied ein. Als die Musikstunde vorbei war, rannte er hinaus, stellte sich neben das Auto und hopste auf und ab.

»Mommy Arm, Mommy Arm!«, rief er.

»Mach mal Platz«, sagte ich. Jasper hopste weiter. Ich hob ihn hoch, setzte ihn auf den Gehweg und öffnete die Beifahrertür.

Er nahm Anlauf und sprang. Sein Oberkörper landete auf dem Beifahrersitz, aber sein Unterkörper schaffte es nicht ganz. Seine Beine ragten aus dem Auto, die gelben Stiefel zappelten in der Luft, als wollte er schwimmen. Ich warf einen Blick aufs Armaturenbrett, um mit Stacey über den Anblick zu lachen, aber sie saß nicht dort.

Ich hob Jasper hoch und bekam ein paar Tritte gegen die Brust, aber Stacey war nicht auf dem Sitz. Ich stellte Jasper zurück auf den Gehweg und schaute unter dem Beifahrersitz nach, aber auch da war sie nicht. Ich suchte sie unter den Fußmatten, hinter der Handbremse und den Pedalen. Ich konnte meine Frau nirgends finden. Ich ging auf die Knie und warf einen Blick unter alle Sitze. Trinkbecher und Spielzeugautos und alte Zeitungen flogen auf den Gehweg. Ich konnte sie immer noch nicht finden. Ich legte den Kopf in den Nacken und sah Stacey auf der Kopfstütze stehen. Sie grinste unseren Sohn an und hielt sich dabei einen Zeigefinger an die Lippen.

»Mein Gott, Stacey«, schrie ich.

Jasper fing zu weinen an. Ich kletterte aus dem Auto, nahm ihn auf den Arm und öffnete die hintere Autotür. Stacey kletterte von der Kopfstütze, sprang von der Lehne und landete ungelenk auf dem Sicherheitsgurt. Ich wuchtete Jasper in seinen Kindersitz und mühte mich mit den Gurten ab. Ich hielt inne, atmete tief durch, sah ihm ins Gesicht.

»Mommy Arm?«, fragte ich.

»Mommy Arm!«, quiekte er. Ich streckte meine Hand aus, ohne hinzusehen, und Stacey kletterte hinein. Sie sprang von meiner Hand auf Jaspers Brust und kletterte an seiner Winterjacke hoch. Dort, wo der Reißverschluss sich zu einem Y teilte, breitete sie die Arme aus und umarmte so viel von Jaspers Hals, wie sie konnte.

Ich schlug die Tür zu und ging ums Auto herum. Wir fuhren los. Nachdem ich mich in den Verkehr eingefädelt hatte, stellte ich den Rückspiegel so ein, dass ich die beiden im Blick hatte. Stacey war auf Jaspers Schulter geklettert und sagte etwas in sein Ohr.

»Züge gespielt!«, sagte Jasper. »Nein. Nein. Mommy, nein! Nudeln!«

»Was hast du dir dabei gedacht?«, fragte ich.

»Nicht jetzt, David.«

»Dachtest du wirklich, das wäre lustig?«

»Du musst mich nicht mehr lange ertragen.«

»Drohst du mir jetzt auch noch, mich zu verlassen?«

»Du bist so ein Arschloch.«

»*Ich* bin hier das Arschloch?«, fragte ich und schlug mit der Faust auf das Lenkrad. Jasper fing wieder zu weinen an. Ich wollte mich zu ihr umdrehen, aber beim flüchtigen Blick durchs Beifahrerfenster entdeckte ich den Kühlergrill eines Minivans, der ungebremst auf uns zuraste. Der Van schob unser Auto einmal quer über die Kreuzung. Mein Kopf wurde nach oben gerissen, nach unten, wieder nach oben. Das Knirschen erinnerte mich an meine Zeit in Winnipeg, wo ich in der klirrenden Kälte über frischen Schnee gelaufen war. Dann wurde alles still.

Ich versuchte vergeblich, mich umzudrehen. Irgendwann fiel mir ein, dass ich angeschnallt war. Ich löste den Gurt und drehte mich auf dem Fahrersitz um. Jasper saß gesund und munter in seinem Kindersitz. Er wusste anscheinend noch nicht genau, ob er sich fürchten sollte oder nicht. Ich rang mir ein Lächeln ab und nickte, Jasper lachte. »Noch mal!«, rief er, riss die kleinen Ärmchen in die Höhe und strampelte mit den kleinen Beinen. »Noch mal, Daddy, noch mal!«

Da sah ich, dass meine Frau nicht mehr auf seiner Schulter saß. »Stacey?«, rief ich. Ich beugte mich zwischen den Sitzen durch und suchte die Fußmatten vor dem Rücksitz ab. »Stacey?«, rief ich noch einmal. Jasper fing zu weinen an. Jemand klopfte an das Beifahrerfenster. Ich tastete die Fußmatten ab. Jaspers Weinen steigerte sich zu einem langgezogenen, durchdringenden Heulton.

»Hey, alles in Ordnung hier?«, fragte der andere Fahrer.

»Stacey?«

»Heißt so Ihr Kind? Alles in Ordnung?«

»Stacey!«

»Sind Sie okay?«

»Stacey, wo bist du?«

Ich hob die Fußmatten an, Jaspers Schreie wurden lauter. Der Mann klopfte weiter gegen die Scheibe. Stacey kam unter dem Sitz hervorgekrochen. Sie hatte eine Platzwunde an der Stirn.

»Es geht mir gut, es geht mir gut«, rief sie.

»Du bist verletzt!«

»Nein, das ist halb so schlimm. Wimmel bloß diesen Idioten ab.«

Ich ließ die Seitenscheibe herunter und nahm den Fahrer zum ersten Mal bewusst wahr. »Sie haben uns fast umgebracht«, sagte ich. »Holen Sie Ihre Papiere und die Versicherungskarte.«

Der Mann verschwand. Ich beugte mich hinunter und hob meine Frau vorsichtig in die Höhe. Ich hielt sie so, dass Jasper sie sehen konnte.

»Hier ist sie!«, sagte ich. »Hier ist Mommy.«

»Setz mich auf seine Schulter.«

Ich tat, was Stacey wollte. Jasper hatte zu weinen aufgehört, atmete dafür jetzt tief und hektisch. Ich sah, wie sie in sein Ohr flüsterte.

16.

Nachdem wir die Polizei gerufen, mit der Versicherung telefoniert und einen Abschleppwagen organisiert hatten, stiegen wir in ein Taxi und ließen uns nach Hause fahren. Jasper schlief in meinen Armen ein. Stacey kletterte aus meiner Brusttasche auf meine Schulter.

»Ich weiß, dass es zwischen uns schon seit einiger Zeit nicht mehr so gut läuft«, sagte sie. »Aber ich liebe dich. Ich liebe dich und Jasper mehr als alles andere in meinem Leben.«

Dann setzte sie sich hin und lehnte sich an meinen Hals. Das Taxi fuhr auf der Dufferin Street nach Süden. Hoch über uns glühten die Straßenlaternen. Wir bewegten uns nicht mehr, bis das Taxi vor unserem Haus anhielt.

Jasper wachte auf, als ich ihn ins Haus trug. Es war schon spät, aber wir brachten ihn noch nicht ins Bett.

Er spielte auf dem Wohnzimmerteppich Eisenbahn und stellte mit einem roten Zug, der einen blauen rammte, unseren Unfall nach. Ich zupfte ein wenig Watte von einem Wattestäbchen und schnitt einen schmalen Streifen Klebeband zurecht, um die Wunde an Staceys Stirn zu verarzten. Die Wunde hörte auf zu bluten, aber Stacey blieb auf dem Wohnzimmerteppich sitzen und starrte die Wand an.

Ich beobachtete die beiden vom Flur aus und fragte mich, warum Stacey nicht zu den Menschen gehörte, denen der Überfall nur Gutes gebracht hatte.

* * *

George Walterby war in der Warteschlange der Zwölfte gewesen und hatte dem Räuber den Schnuller seiner Tochter ausgehändigt, den er an jenem Morgen aus Versehen eingesteckt hatte. Als er nach Hause kam, merkte er, dass sein Kind plötzlich Geld scheißen konnte: Zehner, Zwanziger, ab und zu sogar einen Hunderter.

In den folgenden drei Tagen schlief das Baby kaum, und bei jedem Windelwechsel fanden sie Geld. Das Baby kackte so viel Geld, dass die Eltern auf einmal keine Geldsorgen mehr hatten, was eine große Erleichterung war, denn vor dem Überfall war das ihr größtes Problem gewesen.

»Wir haben das perfekte Baby«, sagte George.

Dann, über Nacht, bekam das Baby Fieber. Sie brachten es zum Arzt. Der Arzt leuchtete ihm mit einer Lampe in die Augen. Er wirkte besorgt und ordnete weitere Untersuchungen an. Eine Klemme wurde an den Zeigefinger des Kindes gesteckt. Eine Schwester zapfte Blut aus dem winzigen Arm ab. George konnte nicht hinsehen.

Danach mussten George, seine Frau und seine Tochter in einer grell ausgeleuchteten Nische warten, die durch Vorhänge von den anderen Nischen abgetrennt war. Ringsum weinten Kinder. Drei Stunden später kam

der Arzt zurück. Er leuchtete dem Baby wieder in die Augen.

»Haben Sie irgendetwas Ungewöhnliches an ihr bemerkt?«, fragte der Arzt.

»Sie kackt Geld«, sagte George.

»Hmmm«, machte der Doktor und verschwand durch die Vorhänge. Zwei weitere Stunden vergingen, bevor er wiederkam.

»Sie ist sehr krank, wir müssen sie operieren«, sagte er. »Die Operation wird sie retten, aber danach wird sie kein Geld mehr ausscheiden.«

»Tun Sie es«, sagten George und seine Frau wie aus einem Mund.

Die Ärzte führten die Operation durch, und dem Baby ging es sofort wieder besser. George und seine Frau durften es mit nach Hause nehmen. Das Kind schien glücklich und zufrieden, aber George konnte nicht aufhören, sich Sorgen zu machen.

Den ganzen Nachmittag beobachtete er die Windel seiner Tochter. Am frühen Abend nahm er sie auf den Arm und legte sie aufs Sofa. Er öffnete die Klebeverschlüsse. Er atmete tief durch. Er öffnete die Windel. Als er sah, dass nichts darin war außer Scheiße, war er so glücklich wie nie zuvor in seinem ganzen Leben.

* * *

Zwei Wochen nach ihrer vierten Fehlgeburt, am Tag nach ihrem ersten Besuch der Filiale-117-Selbsthilfegruppe, fuhr Diane Wagner zusammen mit ihrem Mann aufs Land, wo sie ein Ferienhaus besaßen. Vom See zog ein Gewitter auf. Diane schloss rasch die Wohnzimmerfenster, ihr Mann kümmerte sich um die Fenster in Bad und Küche. Sie eilten ins Obergeschoss und schlossen auch dort alle Fenster. Anschließend setzten sie sich aufs Bett und lauschten auf das Gewitter, das jetzt genau über ihnen war.

Wumms, hörten sie. *Wumms! Wumms! Wumms!*

»Das sind aber wirklich große Regentropfen«, sagte ihr Mann.

»Ja«, sagte Diane. Auf einmal wurde sie seltsam nervös. Sie stand auf und trat ans Fenster. Mit feuchten Handflächen entriegelte sie den Fensterflügel und stieß ihn auf. Mit klopfendem Herzen streckte sie die Arme aus und griff zu.

17.

Stacey und Jasper blieben im Wohnzimmer, ich ging in die Küche und setzte Teewasser auf. Das Telefon klingelte. Dieses Mal konnte auch ich es hören: Das war ein Alarm, kein normales Läuten.

»Kann ich bitte mit Stacey sprechen?«

»Wer ist da?«

»Dawn«, sagte die Anruferin. Ich trug das Telefon ins Wohnzimmer. Stacey und Jasper saßen auf dem Boden und spielten. Ich legte das Telefon vor Stacey auf den Teppich, aktivierte den Lautsprecher, ging zurück in die Küche und versuchte, trotz des kochenden Wassers etwas von dem Gespräch mitzuhören.

* * *

Dawn war auf der Flucht vor dem Löwen, so wie seit achtzehn Tagen. Nun hatte sie sich in einem Schnapsladen an der Ecke von Bloor Street und Ossington Avenue versteckt und war ziemlich sicher, den Löwen abgeschüttelt zu haben. Sie stand gerade in der Weinabteilung vor den australischen Weinen und versuchte, wieder zu Atem zu kommen, als sie auf der anderen Seite des Regals einen Purpurhut entdeckte.

Sie folgte ihm in den hinteren Teil des Geschäfts und wollte ihn gerade zur Rede stellen, als jemand zu kreischen anfing. Dawn drehte sich um und sah den Löwen mit großen Sätzen durch den Schnapsladen springen.

Angestellte und Kunden flohen. Dawn, der Räuber und der Löwe blieben allein im Laden zurück. Die Krallen des Tiers klickten auf dem Boden, es kam immer näher. Dawn und der Räuber wichen zurück, bis sie mit dem Rücken zur Wand standen. Der Räuber drückte sich an das Regal mit dem Bourbon, Dawn drückte sich gegen den Rum.

»Erinnern Sie sich an mich?«, fragte sie.

»Ja«, sagte er. »Ich nehme an, der gehört zu Ihnen?«

Dawn nickte. Der Löwe blies seinen heißen Atem durch die Nasenlöcher aus. Dawn und der Räuber zuckten zusammen. Flaschen fielen aus den Regalen und zerbrachen auf dem Boden.

»Jetzt wäre der ideale Moment, mir zu verraten, wie ich ihn loswerden kann.«

Dawn sah den Räuber an und merkte, dass er noch mehr Angst hatte als sie selbst. Sie sah den Löwen an und merkte, dass sein Blick weniger bedrohlich als fragend war. Sie stand einfach nur zum ersten Mal dicht genug vor ihm, um es zu sehen. Ihre Angst löste sich auf. Sie klatschte in die Hände, der Löwe schaute sie aufmerksam an und legte den Kopf schief. Dawn streckte ihren Zeigefinger aus. Sie zeigte auf den Räuber.

»Fass!«, sagte sie.

* * *

»Ist er tot?«, fragte Stacey.

»Nein. Aber ich habe den Löwen auf ihn gehetzt. Er ist im Krankenhaus.«

»Glaubst du, das war richtig?«

»Ich weiß es nicht. Aber sobald ich den Löwen zurückgepfiffen hatte, wurde er wieder zu einer Tätowierung auf meinem Unterschenkel.«

Stacey hob den Kopf und berührte den provisorischen Verband an ihrer Stirn.

»Ganz schön bizarr«, fuhr Dawn fort, aber Stacey antwortete nicht. Ich hörte, wie Dawn mehrmals Staceys Namen rief. Ich hörte, wie Jasper das Telefon nahm und so tat, als würde er telefonieren. Ich schlich an die Tür. Wir hatten Knoten in ein Seil gemacht und es über die Treppenstufen gespannt, damit Stacey ohne fremde Hilfe in die erste Etage gelangen konnte. Nun war sie auf dem Weg nach oben.

Im Schlafzimmer kletterte sie über meine Lederschuhe bis an den Türpfosten. Sie stellte sich aufrecht hin und schob ihre nackten Fersen an das weiße Holz. Sie legte sich einen Unterarm waagerecht über den Kopf, tippte mit dem Zeigefinger, der nicht mehr größer war als eine Bleistiftspitze, an den Rahmen und machte die Augen zu. Sie wartete einen Moment und dann noch einen. Sie drehte sie sich um, ohne den Arm herunterzunehmen. Ihr Finger zeigte exakt auf die Linie vom Morgen. Stacey war immer noch einundsechzig Millimeter groß.

18.

An dem Abend blieb Stacey eine lange Zeit vor Jaspers Tür stehen. Er weinte nicht und jammerte nicht und strampelte auch nicht die Decke weg, aber Stacey harrte aus. Dann drehte sie sich um und ging weg.

»David?«, flüsterte sie, »ich muss dir etwas sagen.«

»Ich bin in der Badewanne«, rief ich.

Stacey kam ins Bad. Überall brannten Kerzen. Ich hatte einen Schwamm ausgehöhlt und ihr eine Art Badeinsel gebastelt.

»Komm doch rein«, sagte ich und hielt ihr meine Hand hin.

Ich werde nie erfahren, warum sie mein Angebot annahm. Vielleicht stand sie nach dem Unfall immer noch unter Schock. Oder vielleicht zählten ihre Wut und ihre Vorwürfe angesichts der Tatsache, dass ihr nur noch wenige Stunden blieben, nicht mehr. Vielleicht war ihr einfach nur kalt. Ich weiß es nicht. Aber sie zog sich aus, und ich half ihr ins Wasser.

Sie brauchte eine Weile, um auf dem Schwamm ins Gleichgewicht zu finden. Sobald ich mich auch nur ein bisschen bewegte, schaukelte er bedrohlich, also rührte ich mich gar nicht mehr. Wir schlossen die Augen. Die Kerzenflammen zuckten. Stacey döste ein. Der Schwamm trieb in meine Richtung, ihr Hinterkopf berührte meinen Arm. Zuerst dachte ich, es wäre ein Wassertropfen, aber dann öffnete ich die Augen und sah, dass sie es war.

»Endlich passen wir zu zweit in die Badewanne«, sagte ich.

Stacey lachte. Sie lachte weder laut oder lange, aber

ihr Lachen kam von Herzen. Zum ersten Mal seit der Schrumpfung hatte ich sie zum Lachen gebracht. Überhaupt zum ersten Mal seit langer Zeit. Sie schaute zu mir hoch und lächelte. Sie schloss die Augen und seufzte. Der Schwamm, auf dem sie lag, zitterte ganz leicht und erzeugte winzige Wellen. Ich dachte mir nichts dabei, genauso wenig wie Stacey. Erst viele Monate später begriffen wir, dass dies der Moment gewesen war, in dem sie zu wachsen begann, unmerklich und in mikroskopisch kleinen Schritten, dafür aber unverkennbar.

Die Originalausgabe erschien 2011 unter dem Titel
»The Tiny Wife« bei Harper Collins, London.

Für die äußerst geduldige und außergewöhnlich große Marlo.

FSC® www.fsc.org
MIX
Papier aus verantwortungsvollen Quellen
FSC® C014496

Verlagsgruppe Random House FSC® N001967

1. Auflage
Deutsche Erstveröffentlichung September 2018
by btb Verlag in der Verlagsgruppe Random House GmbH,
Neumarkter Str. 28, 81673 München

Umschlaggestaltung: semper smile, München nach einer Idee
und unter Verwendung einer Illustration von Tom Percival
Satz: Uhl + Massopust, Aalen
Druck und Einband: GGP Media GmbH, Pößneck
mr · Herstellung: sc
Printed in Germany
ISBN 978-3-442-71565-7

www.btb-verlag.de
www.facebook.com/btbverlag